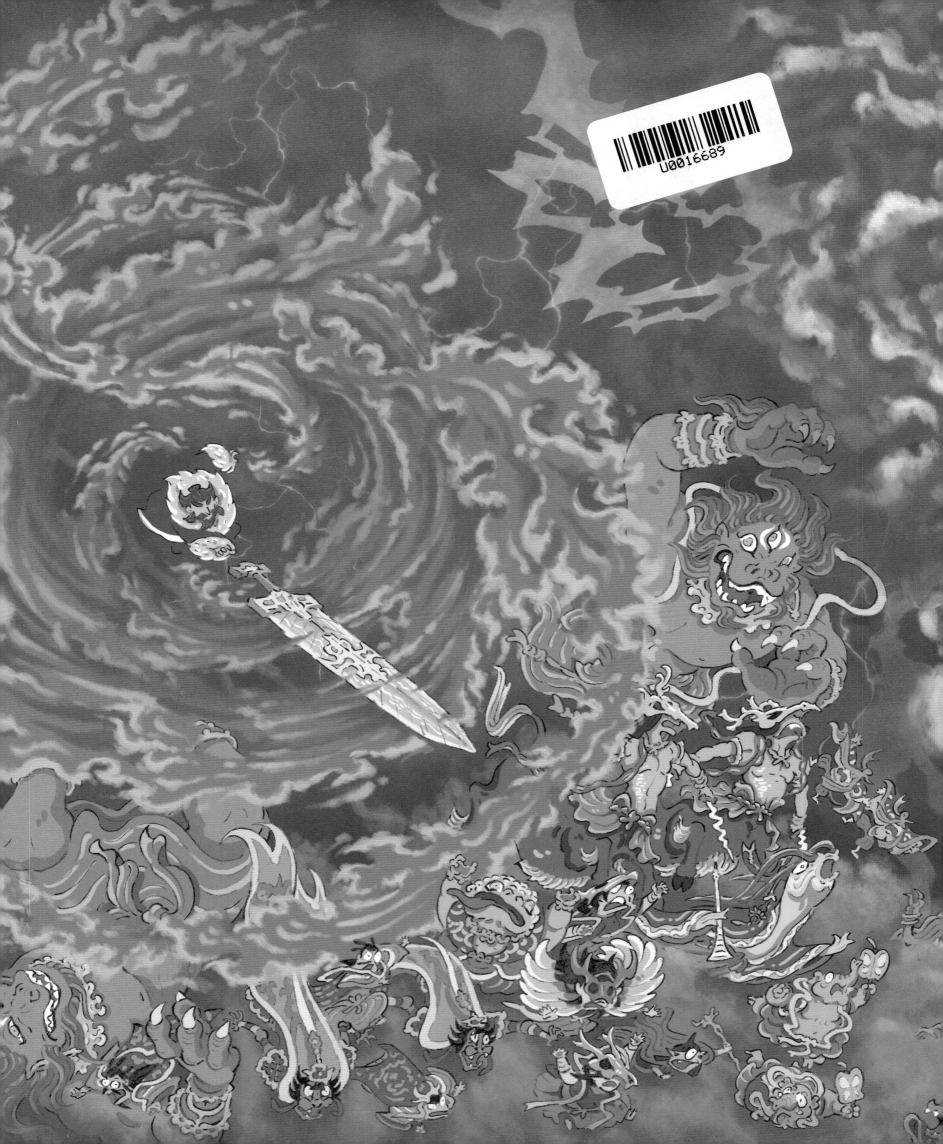

About 張卓明

畫家、作家、大學講師,「段張取藝工作室」創始人之一。沒事喜歡看歷史,讀神話,喜歡以腦洞大開的思路,幽默有趣的方式,創作中國或國外的歷史、神話故事。也曾畫過一些繪本,得過一些獎項,但現在寫的故事,畫的繪本才是自己真正想要做,而且喜歡的事。

About 段張取藝

段張取藝文化傳媒有限公司(簡稱段張取藝)成立於2011年,是一家自主策劃選題、文圖創作為一體的原創研發團隊。公司涉及領域包括圖畫書、科普百科、漫畫、兒童文學等。出版了300餘本兒童讀物,主要作品《逗逗鎮的成語故事》、《古代人的一天》、《拼音真好玩》、《時間真好玩》、《文言文太容易啦》、《西遊漫遊記》、《瘋狂想像漫畫物理大百科》等,版權輸出至俄羅斯、烏克蘭、尼泊爾、韓國、香港、臺灣等多個國家和地區。

創意策劃:張卓明、段穎婷　　插畫繪製:周楊翎令、周祺翔

小野人　50

封神榜・神界大地圖

作　　　者	張卓明	**讀書共和國出版集團**		
繪　　　圖	段張取藝	社　　　　　長	郭重興	
創意策劃	張卓明、段穎婷	發行人兼出版總監	曾大福	
插畫繪製	周楊翎令、周祺翔	業務平臺總經理	李雪麗	
社　　　長	張瑩瑩	業務平臺副總經理	李復民	
總　編　輯	蔡麗真	實體通路組	林詩富、陳志峰、郭文弘、王文賓	
美術編輯	林佩樺	網路暨海外通路組	張鑫峰、林裴瑤、范光杰	
封面設計	周家瑤	特販通路組	陳綺瑩、郭文龍	
校　　　對	林昌榮	電子商務組	黃詩芸、高崇哲、沈俊	
		專案企劃組	蔡孟庭、盤惟心	
責任編輯	莊麗娜	閱讀社群組	黃志堅、羅文浩、盧煒婷	
行銷企畫經理	林麗紅	版權部	黃知涵	
行銷企畫	蔡逸萱・李映柔			
出　　　版	野人文化股份有限公司	印　　務	江域平、黃禮賢	
發　　　行	遠足文化事業股份有限公司	法律顧問	華洋法律事務所　蘇文生律師	

地址:231 新北市新店區民權路 108-2 號 9 樓
電話:(02)2218-1417
傳真:(02)86671065
電子信箱:service@bookrep.com.tw
網址:www.bookrep.com.tw
郵撥帳號:19504465 遠足文化事業股份有限公司
客服專線:0800-221-029

印　製　凱林彩印股份有限公司
初　版　2022 年 10 月 26 日

有著作權　侵害必究
歡迎團體訂購,另有優惠,請洽業務部
(02)22181417 分機 1124

特　別　聲　明:有關本書的言論內容,不代表本公司/出版集團之立場與意見,文責由作者自行承擔。

國家圖書館出版品預行編目(CIP)資料

封神榜.神界大地圖/張卓明著;段張取藝繪 -- 初版 .-- 新北市:野人文化股份有限公司,2022.11　128 面;26×31.5 公分 .--(小野人;50)
ISBN 978-986-384-791-5(精裝)
859.6　　　　　　　　　　　　　　　　　　111015559

封神榜
神界大地圖

神仙妖怪才知道
《封神榜》怎麼玩

張卓明◎著　段張取藝◎繪

　　從前，有一個普普通通的小妖怪，本來沒有名字，有一天，他路過獅駝嶺的時候，無意中撿到了一塊金色的腰牌，背面是威震所有妖魔的圖案，正面寫著三個大字：小鑽風。小妖怪很喜歡，便用這三個字做了自己的名字。

　　小鑽風在獅駝嶺沒待多久就離開了。他走呀走呀，來到了一座大山，這座山名叫金斗山，山上有一個金斗洞，洞裡有一個金斗大王，金斗大王麾下聚集了很多小妖怪，小鑽風也想找個容身之所，便投靠了金斗大王。金斗大王委派給小鑽風的差事就是巡山。就這樣，小鑽風成了一個巡山的小妖怪，每天都要把金斗山上上下下巡邏一遍。

　　當然，故事不會這麼簡單，一次奇遇改變了小鑽風的人生，普普通通的小妖怪從此不再普通，他成了我們神話故事裡的主人公。

小鑽風結束了西遊世界的旅行之後，在獅駝國附近的一個小村莊住了一段時間，在這裡小鑽風開始了他寫故事和講故事的生涯。他把旅行的所見所聞講給其他的小妖怪聽，巡山的小鑽風變成了講故事的小鑽風。可是，再好聽的故事也有講完的時候，終於有一天，小鑽風想不出新的故事了。

好人總有好運氣，有一天，小鑽風碰到了地藏王菩薩。菩薩心情很好，送給了小鑽風一件寶貝——月光寶盒。

據說月光寶盒能把人送到任意時空，小鑽風看了說明書後覺得機會又來了，這樣他或許可以回到上古時代甚至遠古時代，去看看那個時期的神仙世界，見識一下那時候的傳奇英雄人物。

這樣的好機會怎麼能不和好朋友分享呢？當然要叫上好朋友遊遊仙官啦！於是，小鑽風找到遊遊仙官，準備再次開啟他們的神奇之旅。

月光寶盒帶著小鑽風和遊遊仙官出發了，目標——封神時代！

那是一個豐富多采的年代，我們熟知的一些天神，比如哪吒、楊戩、二十八星宿等，都會一一登上歷史舞臺。

人間政權的更迭、仙界秩序的變換、天庭政權的建立，都將在那個時代一步一步完成。

截教

截教和闡教：神仙中的祖師爺主要是太上老君、元始天尊和通天教主三位教主，這三位也是師兄弟。他們又分成了兩派，一派是截教，以通天教主為首。另一派為闡教，掌門人是元始天尊。兩教雖然都屬於道教，理念觀點卻各不相同。

通天教主

截教的掌門人，性格偏激，自恃法力高強，與太上老君、元始天尊合不來。

截教認為天下萬物只要有靈性的都可以修行成仙，因此截教的門人形形色色，飛禽走獸、花鳥頑石都有。

申公豹

申公豹並不是截教的人，其原本是元始天尊的徒弟，但不太受師父的喜歡，因此背叛師門，遊說天下各路修行者一起討伐姜子牙，破壞封神大計。

6

闡教

老子——太上老君
老子與元始天尊關係密切，
因此事事都幫著闡教。

元始天尊
闡教的教主，道法高
深，人緣也很好。

西方教兩位教主
準提道人、接引道人是西方教的兩大
教主。他們和闡教關係密切，是闡教
的強大外援。

闡教的門人基本上都是人類，他們
認為人類高於其他物種，而截教收
徒弟過於隨意，獸類居多。

姜子牙
《封神演義》中的關鍵人物，元始天尊的徒
弟，受命主持封神的工作，卻因無意中得罪
申公豹而被其記恨，讓他的興周伐紂大業帶
來了巨大的災難。

封神榜的由來

昊天上帝的煩惱

上古的封神時代，天庭政權剛剛建立，幾乎每個部門都缺人手。昊天上帝讓太上老君、元始天尊和通天教主三位教主想辦法招募人手，為天庭工作。

> 天庭的各個職位都缺人，這樣沒辦法展開工作呀！

> 請老子想想辦法，他那兩個師弟的門人那麼多，招募一批人，應該沒什麼問題吧！

昊天上帝

修行者的幾種可能性

這個時期修行的人很多，其中修行能力強大者，可以修成仙道，例如十二金仙；修行能力弱一些的，可以修成神道，比如封神榜上有名的人；資質平庸的人，怎麼修也只能成為人道，也就是普通人，例如姜子牙。

> 遵旨！微臣去找他們三位商量商量。

天庭使者

封神時代的天下形勢

朝歌和西岐

商朝是人間世界的統治王朝，都城在朝歌，當時商朝的君王是紂王。紂王依靠四大諸侯統治天下，分別是東伯侯、西伯侯、南伯侯和北伯侯。其中西岐的西伯侯是天下聞名的賢人。

這紂王確實昏庸，但他畢竟是正統的君王，我還是要支持他才行呀！

西伯侯真是賢明，我要派姜子牙去輔助他。

誰敢反對寡人，寡人就讓誰死！

紂王

要怎樣才能讓老百姓過上好日子呢？

西伯侯

人間要打仗了

隨著紂王愈來愈荒淫暴虐，人們開始離心離德，希望出現新的王朝取代商朝。西伯侯十分賢明，天下人心逐漸向西岐靠攏，戰爭一觸即發。西伯侯的丞相姜子牙是元始天尊的弟子，闡教支持的是西岐。截教很多門人本來就在商朝為官，截教自然是支援朝歌。

小鑽風，這是封神時代的背景資料，你了解一下。

嗯，看起來好像是人間要打仗，天上神仙要幫忙的意思。

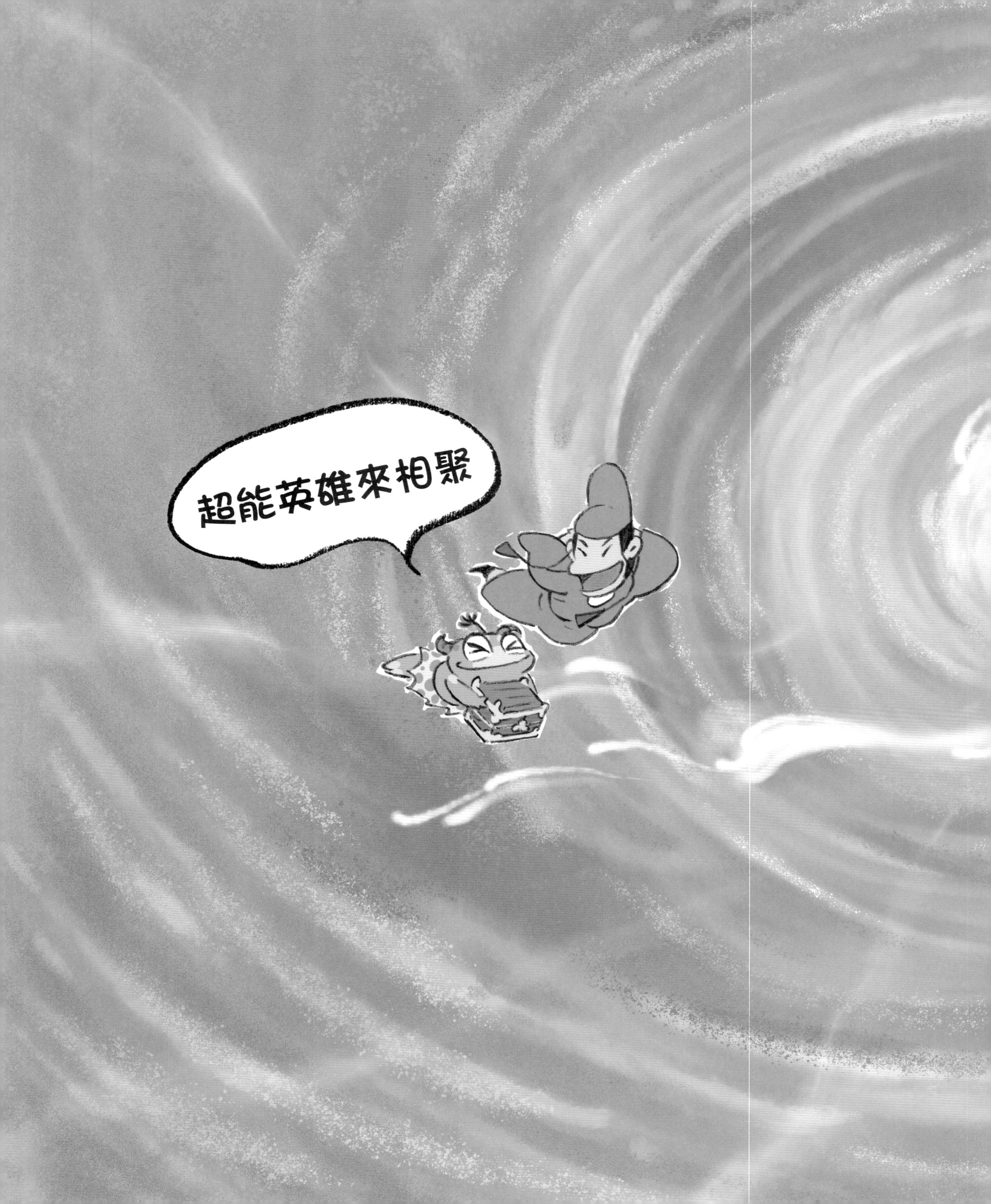
超能英雄來相聚

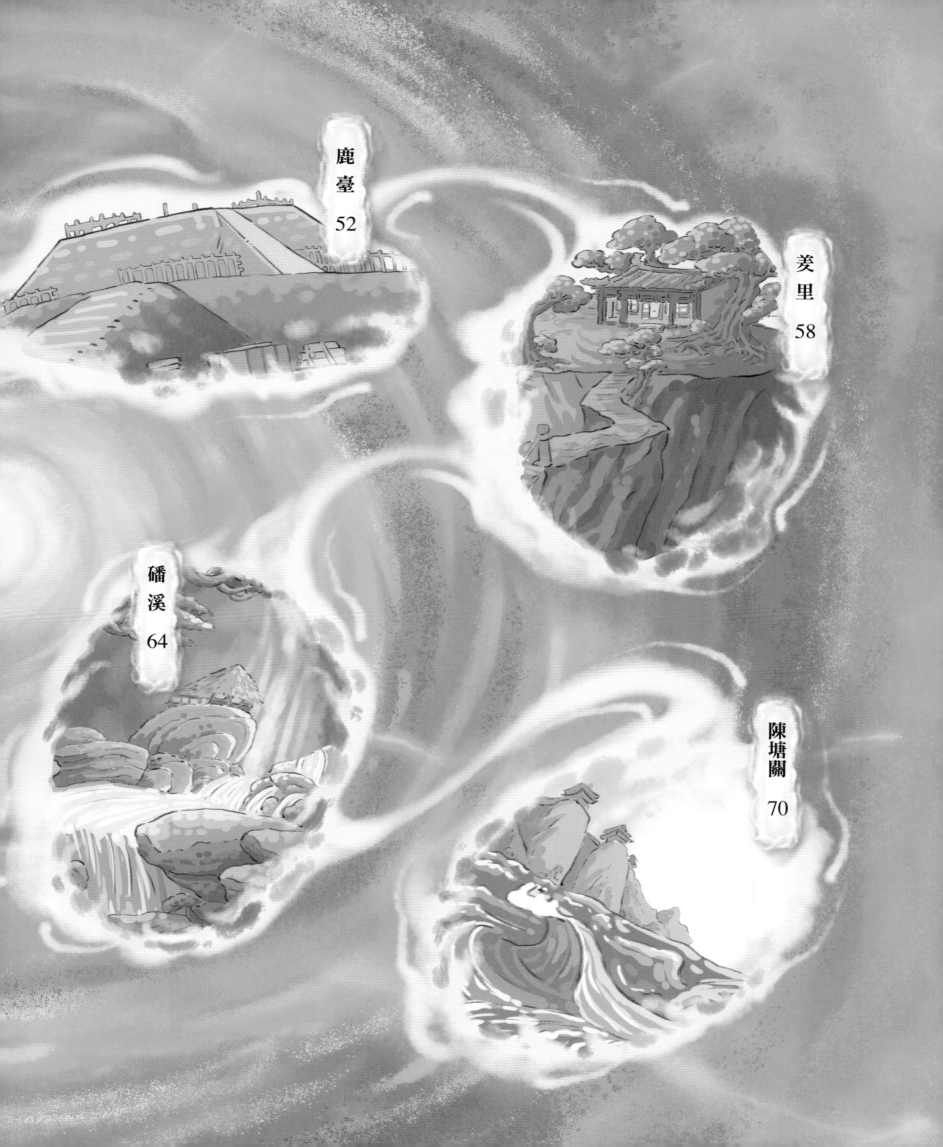

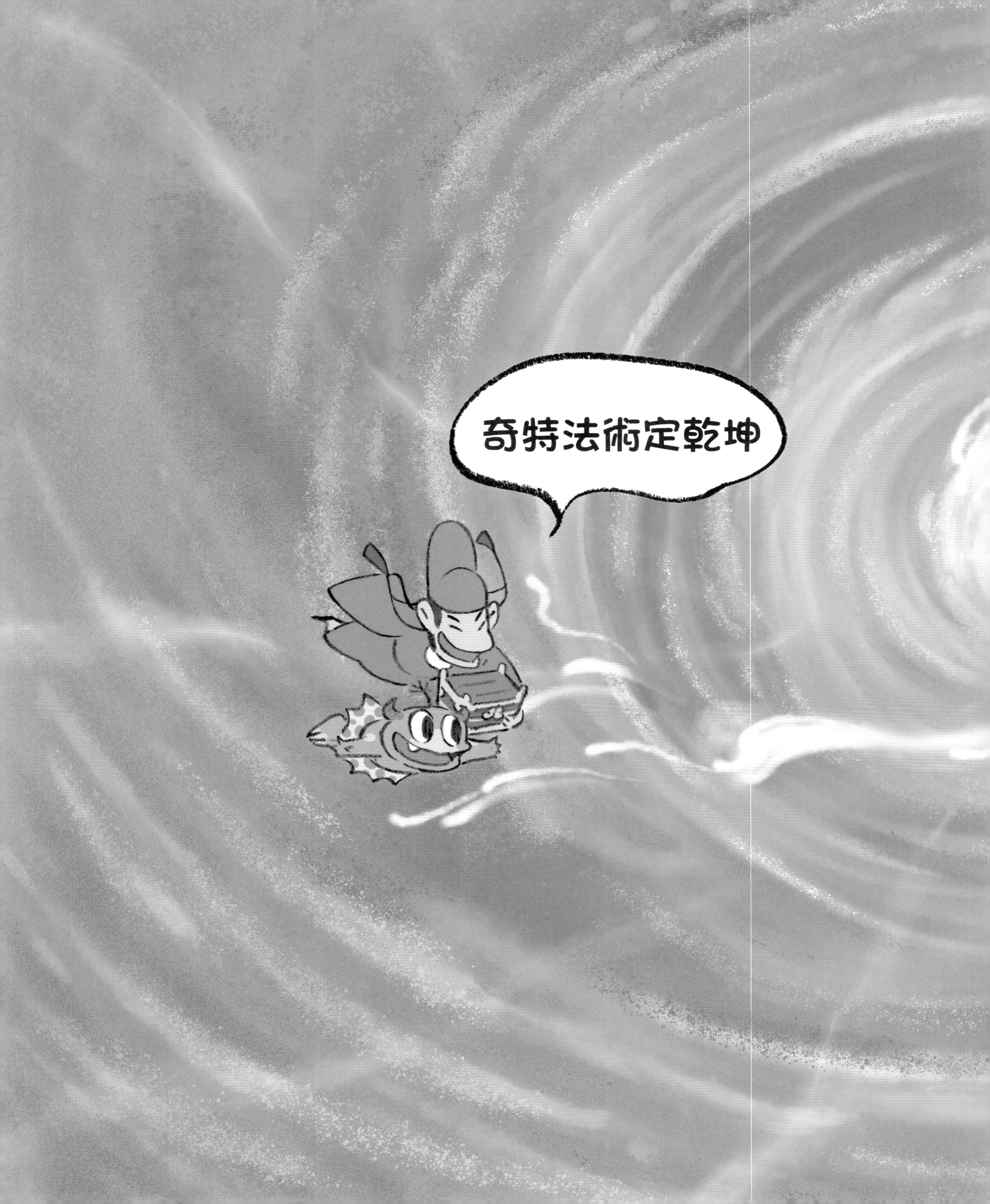
奇特法術定乾坤

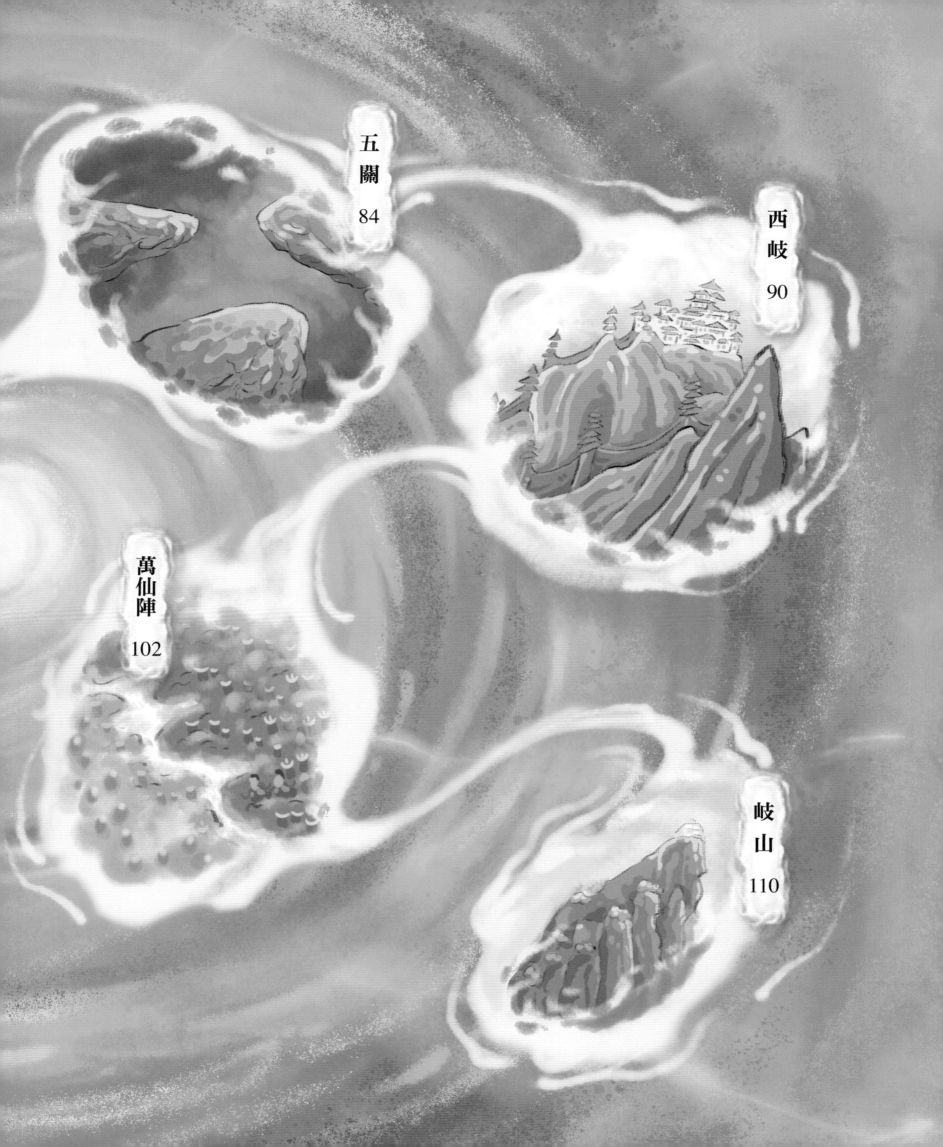

天庭也要招新人

紫芝崖
碧遊宮所處仙島上的一處斷崖，
也是碧遊宮所在的仙島入口處。

今天三大教主齊聚碧遊宮，我去看看熱鬧。

三大教主開了一個會

天庭使者來到碧遊宮找三大教主商量天庭招募新人的事情。昊天上帝有旨，三位祖師爺不敢怠慢，仔細商量了一陣，決定設立封神榜，編有三百六十五個神位，上榜的人即由天庭政權招為神官。

兩位教主內心的小算盤

元始天尊和通天教主內心並不希望自己的徒弟被封神榜招去，於是告誡徒弟們最好閉門不出，免得被封神榜招去。

碧遊宮的大仙們

通天教主有四大弟子，分別是多寶道人、金靈聖母、無當聖母、龜靈聖母。還有菁英趙公明、雲霄娘娘、瓊霄娘娘、碧霄娘娘。隨侍七仙烏雲仙、金箍仙馬遂、毗盧仙、靈牙仙、虯首仙、金光仙、長耳定光仙，個個法力高深，十分厲害。

多寶道人

四大弟子之首多寶道人是截教的掌教弟子，法寶眾多，實力超級強大，廣成子（元始天尊的第一位弟子）的番天印居然只打得他摔了一跟頭。

金靈聖母

金靈聖母被文殊廣法天尊、普賢真人和慈航道人圍攻，絲毫不落下風，商朝泰斗聞太師聞仲和一氣仙余元都是金靈聖母的徒弟。

龜靈聖母

性情率直，比較衝動急躁，由萬年靈龜修煉成形。

無當聖母

通天教主四大弟子之一，關於她的故事記載得並不多。

趙公明

武功精熟，出手如電，格鬥能力非常強，先下手意識也很強。

三霄娘娘

三霄娘娘的金蛟剪和混元金斗非常厲害，把闡教的十二金仙全部抓了起來。

21

碧遊宮的弟子們很奇特

通天教主覺得收徒弟應該是有教無類，只要想學，不管是什麼物種，都可以教。我們可以看到碧遊宮的大仙們很多都是動物。

你本來就是石頭精，當然有研究啦！

金光仙
通天教主座下隨侍七仙之一，原形為金毛犼。曾在萬仙陣一戰中操控四象陣。

我對石頭很有研究。

石磯娘娘
本體是一塊石頭，據說生於天地開闢之時，經過地水火風，煉成精靈。

菌ㄧㄣˊ芝仙
本體應該是一朵靈芝，曾幫助三霄娘娘擺下黃河陣。

急死我了！騎龜殼飛得太慢了，飛了半天才只到這裡！那個兔子精都到我前面去了。

同樣是聖母，為什麼龜靈聖母是老奶奶啊？

噓！

虯(く'ㄡ)首仙
上古異獸青毛獅子得道，在萬仙陣一戰中執掌太極陣。西遊時代曾在烏雞國中做假國王，還在獅駝嶺做過大王。

靈牙仙
通天教主座下的隨侍七仙之一，原形是一頭白象，兵器是雌雄雙劍。曾在萬仙陣一戰中把守兩儀陣。

烏雲仙
原形是一隻金鬚鼇魚，截教內門隨侍七仙之首，手中混元錘連敗闡教赤精子、廣成子。

長耳定光仙
通天教主座下隨侍七仙之一，原形應該是一隻兔子。萬仙陣一戰時，通天教主命他持六魂幡助戰。

23

碧遊宮的珍寶庫

碧遊宮的門人特別擅長煉寶，珍寶庫藏有很多煉寶所需的原材料，各級大仙需要煉丹煉寶的原材料時，可以申請從珍寶庫領用。神兵、仙丹等寶貝修煉出來後，除去自用的，其餘的會由珍寶庫登記，收藏入庫。門下徒弟出師需要寶貝時，可從珍寶庫領取。

最上層陳列的這類寶貝由通天教主掌管，屬於碧遊宮的鎮宮之寶。是超級寶貝，有誅仙四劍、漁鼓、穿心鎖、六魂幡等。

中級寶貝放在中間的玲瓏閣儲存。這層的寶貝數量十分龐大，據說多寶道人的寶貝就有一千多件。這些寶貝除了自用，也授予各自門下的得意徒弟。金靈聖母就送給聞太師一對威力無窮的雌雄金鞭。

入門級寶貝的待遇就差那麼一點兒，胡亂堆在下層的山岩上。

仙人們的修行日常

碧遊宮門人眾多，號稱萬仙來朝。弟子太多，以至於弟子的能力、品質參差不齊。看似人多，但實力卻不如闡教。

玉虛宮

位於崑崙神山山頂的麒麟崖上，是闡教教主元始天尊修行和教授徒弟的地方。

玉虛宮內的神仙很多，最為著名的是元始天尊的徒弟十二金仙以及他們的徒弟。

哎呀！

每次穿越的地方就不能正常點嗎？

這裡有礦。

採點仙藥。

黃水

崑崙山上流下來的黃水，又叫丹水，據說喝過的人可以長生不老。但是普通人根本到不了這裡，所以沒有人去驗證過。

弱水、炎火山

崑崙山下有弱水環繞，任何東西在弱水中都浮不起來。

弱水之上是炎火山，這裡烈火燃燒，可以把人燒成灰燼。

再往上就是涼風之山，這裡的涼風猛烈，可以把人吹成白骨。

再往上攀登，就來到懸圃。據說能登上這裡的人可以成仙，能呼風喚雨。不過，普通人連山腳都到不了，更別提爬上來了。

師兄，等等我！

我去請雲中子出面幫忙！

弟子下山去也！

天尊，您怎麼在這裡掃地？這讓弟子十分不安。

別管我……

元始天尊的徒弟們

元始天尊有很多弟子，有十二金仙、南極仙翁、燃燈道人以及雲中子等，他們的弟子有很多也赫赫有名，比如哪吒、楊戩等。

廣成子
（九仙山桃源洞）

太乙真人
（乾元山金光洞）

清虛道德真君
(青峰山紫陽洞)

十二金仙

赤精子（太華山雲霄洞）

黃龍真人
（二仙山麻姑洞）

靈寶大法師
（崆峒山元陽洞）

玉鼎真人
（玉泉山金霞洞）

道行天尊
（金庭山玉屋

那四位金仙還沒到吧。

怎麼只有八位呀？其他的天尊爺爺呢？

慈航道人
（普陀山落伽洞）

文殊廣法天尊
（五龍山雲霄洞）

普賢真人
（九宮山白鶴洞）

懼留孫
（夾龍山飛雲洞）

十二金仙中有四位轉入佛教。懼留孫轉入佛教成為懼留孫佛，文殊廣法天尊、普賢真人、慈航道人轉入佛教分別成為文殊菩薩、普賢菩薩和觀世音菩薩。

雲中子

燃燈道人

南極仙翁

玉虛宮其他大仙

南極仙翁、燃燈道人、雲中子也是玉虛宮的大仙。南極仙翁是十二金仙的大師兄；燃燈道人是闡教的副教主，眾位金仙見了他也要叫老師，他後來轉入佛教成了燃燈古佛；雲中子在終南山玉柱洞修行，是一個千年得道的大仙。

師兄，你掃了四十年地了，不煩嗎？

申公豹

不是冤家不聚頭

元始天尊的徒弟中還有兩個法力一般，卻分量極重的人物，一個是姜子牙，另一個就是申公豹。姜子牙在崑崙山上修道四十年，卻沒有修煉成仙的天分，但他即將成為周朝替代商朝最關鍵的人物。申公豹卻恰恰相反，成了姜子牙事業上的最大阻礙。

你以為我想呀！

不煩！

這位掃地的老人家將會成為風雲人物。

真看不出來呀！

姜子牙

子牙，你的事業在人間，即刻下山去吧。

師父叫姜子牙下山

元始天尊知道姜子牙沒有修仙的天分，但能在人間輔佐西伯侯成就一番大事業，於是讓他趕緊下山。姜子牙不願離開，但師命難違，只好在南極仙翁的護送下離開。

其實我不想走，我想留下！

師弟，你就趕緊走，到人間幹大事業去吧。

姜子牙又上崑崙山

姜子牙下山後，成了西岐周文王的丞相。後來，商朝的張桂芳率大軍來討伐西岐，姜子牙沒有辦法打敗張桂芳，於是回到崑崙山向元始天尊求救，元始天尊卻給了他一張「封神榜」，讓他來負責封神，還說自有高人幫忙。

千萬別回頭

下山的時候，元始天尊和南極仙翁再三叮囑姜子牙，如果有人喊他的名字，千萬不要回頭，否則會有三十六路兵馬來攻打他。果然，下山的時候，有人喊他的名字。姜子牙心軟，回頭一看，原來是申公豹。

師弟，我不知道是你。

姜丞相，你當了大官就不理師弟了。

師父不幫忙，怎麼辦呢？

子牙，你差點被他的幻術騙了！

幸虧師兄來得及時，我差點就把封神榜燒了。

巧舌如簧的申公豹

申公豹想要姜子牙一起去朝歌輔佐紂王，騙姜子牙說單幹是沒有前途的，不如一起去朝歌，自己法力高強，一定能帶著他幹大事。姜子牙覺得申公豹法術這麼高強，真的打算燒了封神榜，和申公豹一起投奔商朝。幸虧南極仙翁及時趕來，戳破了申公豹的幻術。

申公豹這招法術挺酷的嘛！

假的！幻術而已。

你們給我等著！我會報復你們的！

惱羞成怒的申公豹

眼看計謀被南極仙翁破壞，申公豹十分惱怒，騎著坐騎駕雲而去，臨走的時候說一定會找三十六路人馬討伐姜子牙。

申公豹最終將成為姜子牙最大的敵人。

他的坐騎還挺酷的。

師弟，這是何苦呢？我沒得罪你呀！

玉虛宮的藏寶閣

玉虛宮的藏寶閣藏品十分豐富。崑崙山出產各類神鐵靈寶，專人開採後，由藏寶閣登記，收藏入庫。
各級大仙需要煉丹煉寶的原材料時，就申請從藏寶閣領用。煉製的神兵、仙丹，除去自用的，其他的也存放在
藏寶閣；門下徒弟出師需要授予寶貝時，也從藏寶閣領取。

最上層存放的是上古神器這類超級寶貝，有金
剛琢、芭蕉扇、紫金鈴等。這類寶貝用天地初
開時所產的神鐵昆鋼或是仙藤寶果煉就，原材
料極其罕見。這些寶貝由元始天尊或太上老君
煉成，屬於崑崙山的鎮山之寶。

高等級寶貝收納在高處陳
列架上。這一類寶物大多
由十二金仙這一級別的大
仙煉就，法寶威力十分強
大。除了自用，這些法寶
也經常被大仙授予各自門
下的得意徒弟。
中等級寶貝儲存在中間的
抽屜裡。

7級玉如意，編號
1426號。拿錯了。

1422號寶貝，
找到沒？

這根寶綾怎麼被
老鼠咬了個洞？

倚紅綾，編
號1208號。

這是屬性為火
的，小心呀！

低等級寶貝則一
起放在底層的箱
子裡保管。

師父贈寶

眾位大仙門下的徒弟要下山時，師父往往會贈送一些法寶、仙丹之類的寶貝。但是不同的師父對待徒弟的態度是截然不同的。

太乙真人很大方

眾位大仙中，太乙真人最大方，他對徒弟哪吒很寵愛，送起法寶來可是一點兒也不手軟。哪吒可以變化三頭八臂，寶貝再多也拿得下。

雲中子給了雷震子一雙翅膀

雷震子是西伯侯姬昌撿來的兒子，雲中子的徒弟。雲中子給了他一雙翅膀，還給了他一根黃金棍。

> 這些寶貝都給哪吒吧。等一下，哪吒怎麼拿呢？嗯……再給他一個乾坤袋來裝寶貝。

法寶

> 我有一雙翅膀，還有一根黃金棍，師父對我也不錯，呵呵。

> 雷震子的翅膀太酷了，我喜歡！

> 就是穿衣服比較麻煩。

> 我有九轉玄功，七十二變，才不希罕什麼寶貝呢！

土行孫偷了師父的好寶貝

大仙懼留孫有些不錯的寶貝，捆仙繩就是其中的一樣，但懼留孫對徒弟不是那麼大方，一樣都捨不得給。土行孫見師父如此小氣，就偷了兩根捆仙繩和一些仙丹私自下山了，後來吃了大虧，才向師父承認了錯誤。

> 哼！師父太小氣了，一樣寶貝都不給我……

> 乾脆我去偷個幾樣。

楊戩

玉鼎真人雖然沒有給徒弟什麼法寶，但傳授的九轉玄功和七十二般變化讓楊戩擁有超強的戰鬥力。

> 我也是寶貝好嗎！

哮天犬

楊戩的寶貝神犬，幫助楊戩咬過不少敵人，後來還咬過孫悟空的腳，幫主人抓住了孫悟空。

冀州城

仙界的兩大神宮遊完後，月光寶盒帶著小鑽風和遊遊仙官來到了冀州城，這裡看起來似乎並沒有什麼特別的地方。那月光寶盒為什麼要帶小鑽風他們來到這裡呢？這就要從封神時代一位非常重要的人物蘇妲己說起了。

蘇妲己

冀州侯蘇護的女兒蘇妲己長得十分美麗，紂王想要娶她進宮做妃子。蘇護知道紂王殘暴好色，不願意把女兒嫁給這樣一位昏君。於是，紂王派大軍前來討伐蘇護。

紂王大軍中的崇黑虎和蘇護關係不錯，想幫忙調解矛盾，可是蘇護並不知道崇黑虎的意圖，反而以為崇黑虎是來捉拿自己的，便躲在城中不出來。

34

蘇護的兒子不服氣，帶兵出城和崇黑虎交戰，不料戰馬被崇黑虎
從寶葫蘆裡放出的鐵嘴神鷹啄瞎了，自己也被抓了起來。

焦急的冀州侯

冀州城內，冀州侯蘇護急得團團轉，他的兒子被崇黑虎抓了，這會兒生死未卜。但是崇黑虎法力高強，蘇護一點兒辦法也沒有。

督糧官來了

正當蘇護愁眉不展之時，督糧官鄭倫帶著大批糧食趕到冀州城。糧草充足，蘇護還是沒辦法開心。

鄭倫不簡單

鄭倫曾拜西崑崙度厄真人為師，真人傳他異術，鼻孔可以噴出兩道白氣，被噴到的人只能束手就擒。他立下軍令狀，要生擒崇黑虎。

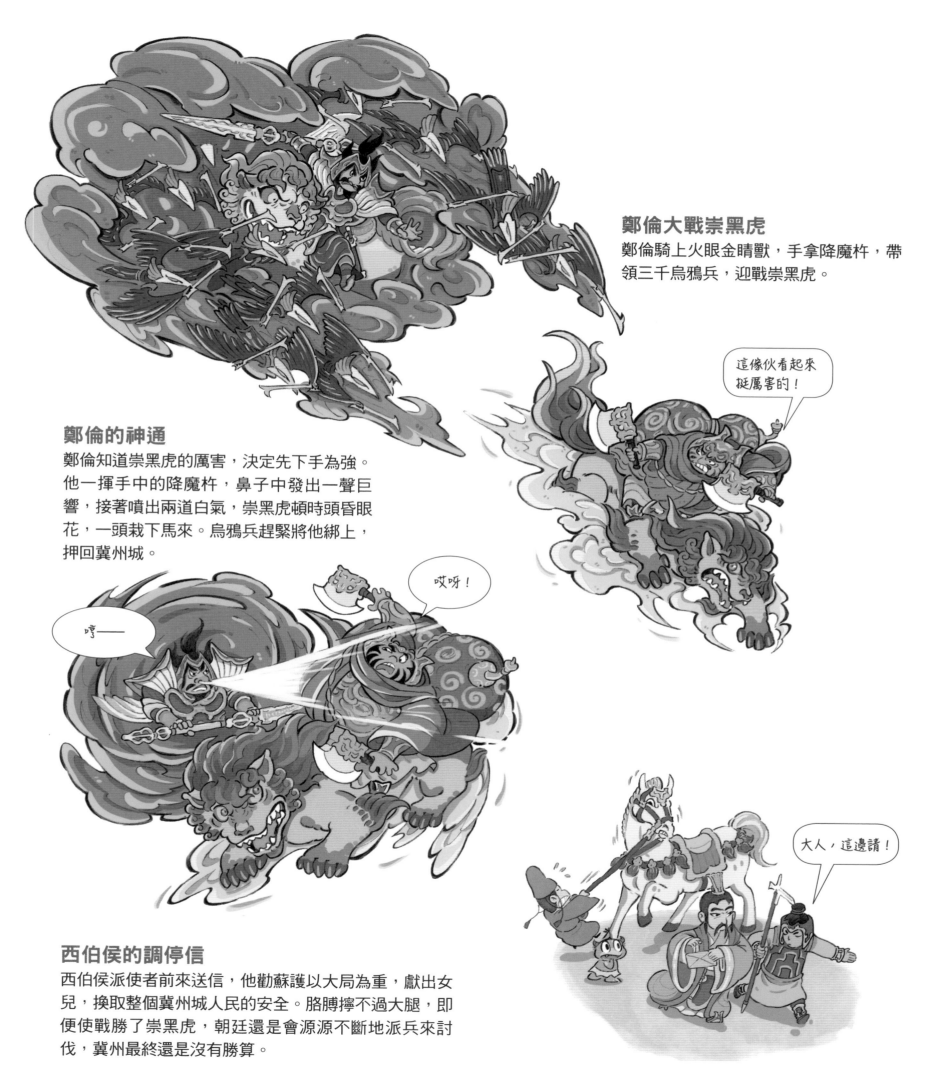

鄭倫大戰崇黑虎

鄭倫騎上火眼金睛獸，手拿降魔杵，帶領三千烏鴉兵，迎戰崇黑虎。

> 這傢伙看起來挺厲害的！

鄭倫的神通

鄭倫知道崇黑虎的厲害，決定先下手為強。他一揮手中的降魔杵，鼻子中發出一聲巨響，接著噴出兩道白氣，崇黑虎頓時頭昏眼花，一頭栽下馬來。烏鴉兵趕緊將他綁上，押回冀州城。

> 哼——

> 哎呀！

西伯侯的調停信

西伯侯派使者前來送信，他勸蘇護以大局為重，獻出女兒，換取整個冀州城人民的安全。胳膊擰不過大腿，即便戰勝了崇黑虎，朝廷還是會源源不斷地派兵來討伐，冀州最終還是沒有勝算。

> 大人，這邊請！

蘇護送女

蘇護看了信以後，決定聽從西伯侯的意見送女進宮。蘇妲己很傷心，但她也沒有辦法改變局面，只能順從命運的安排。誰也想不到，這個決定即將改變整個商朝的命運。

胳膊擰不過大腿，這就是妲己的命吧。

我們怎麼這麼慘？人間太不友好了。

我們找機會逃吧。

姊妹們，我有一個完美的計畫，我去附身這個蘇妲己，你們等我的好消息！

妖精們的使命

紂王去朝拜女媧娘娘，因為神殿的女媧娘娘塑像美貌而動了邪念，女媧娘娘十分憤怒，派千年狐狸精、雉雞精和玉石琵琶精三妖來禍害紂王，葬送他的江山。

千年狐狸精找到了機會

蘇護送女來到恩州，住進驛館。千年狐狸精覺得這是一個接近紂王絕佳的機會，她打算附身在蘇妲己身上去完成使命。

那是什麼？

好像是千年狐狸精她們。

千年狐狸精變成了蘇妲己

半夜，千年狐狸精悄悄附身在妲己身上。從此，那個即將禍國殃民的妲己誕生了，商朝迎來了最大的剋星。

哈哈！我的這個計畫一定能順利完成女媧娘娘交代的使命。

原來是九尾狐變成了妲己。

我們去告訴蘇侯爺吧。

妖言惑眾！膽敢說我女兒是狐狸精！

把這兩個奸細抓起來！

你女兒真的變成狐妖了！

救命啊！快跑呀！

神魂顛倒的紂王

蘇護帶著妲己一路奔波，終於來到了朝歌。紂王本來還十分生氣蘇護的反叛，但一見妲己，這一切統統拋到了九霄雲外。千年狐狸精一下子就把紂王迷惑住了。

終於見到妲己了，寡人太開心了！

……

朝歌

朝歌，商王朝的都城，天下最繁華的城市。很多能人異士都來到朝歌，希望在這裡做出一番事業。小鑽風和遊遊仙官逃離蘇護送親的隊伍，也來到了這裡。

九間殿

九間殿是商朝的王宮，是紂王居住和處理
國家大事的地方。
千年狐狸精變成的妲己來到朝歌後，很快
就成了紂王最寵愛的妃子，她開始把紂王
的宮廷攪得天翻地覆。

雲中子的木頭寶劍

終南山有一位仙人叫作雲中子，有一天，他發現朝歌的上空妖氣瀰漫，於是他用松枝削了一把寶劍獻給紂王，讓他懸掛在九間殿的高處鎮邪除妖。

紂王心疼了

木頭寶劍鎮壓住了妲己的妖氣。眼看妲己就要死在雲中子的法器之下，沒想到紂王得知妲己被木劍驚嚇生病，認為是雲中子危言聳聽，要害死他心愛的美人，於是趕緊命人焚燒了木劍。

大開殺戒的紂王

大臣杜元銑知道焚劍的真相，上書進諫紂王不要貪戀美色，荒廢朝政。妲己知道了，就說杜元銑妖言惑眾，應該殺掉。紂王馬上派人殺了杜元銑。

被陷害的姜王后

妲己勾結大臣費仲，讓他設計陷害姜王后。費仲找人冒充東伯侯姜桓楚（姜王后的父親）的家將，刺殺紂王，紂王大怒，用酷刑折磨死了姜王后。

什麼人膽敢行刺寡人？

姜王后被害死之後，在後宮就沒有人敢惹妲己了。

妲己也太壞了吧！

我叫姜環，受姜王后的指使除掉暴君。

我要殺了妲己給母親報仇！

紂王還要殺兒子

姜王后有兩個兒子——太子殷郊和二兒子殷洪。殷郊看到母親慘死，憤怒地拔劍準備去殺妲己。紂王知道後很生氣，派人捉拿兩位王子，要置他們於死地。

兩位王子遭到這樣的災禍，我們兩兄弟就算拼死也要救他們的性命。

方相、方弼造反

鎮殿大將軍方相、方弼知道了兩位王子的冤情，再加上對紂王殘暴昏庸感到深深的失望，帶著兩位王子逃出了朝歌。

連自己的兒子都殺，這個紂王還是人嗎？

唉，他已經被妲己迷得神魂顛倒了。

43

弟弟！你也被抓了，這是天絕我們呀！

被抓回來的兩位王子

方相、方弼體形十分高大，不同於普通人，他們揹著兩位王子逃出朝歌後，覺得自己太引人注目，不利於大家逃亡，於是決定四人分開逃走。兩位王子從來沒出過宮廷，沒逃多遠就被紂王派出的軍隊抓了回來。

這兩位王子實在讓人同情。老赤，你我各救一個，收作徒弟吧。

大發慈悲的神仙

仙人廣成子和赤精子看到兩位王子的悲慘遭遇，動了惻隱之心，派黃巾力士救下兩人，收作徒弟，打算將來讓他們為姜子牙起兵討伐紂王出力。

這老匹夫滿嘴胡言，誹謗寡人，來人！給我殺了他！

昏君！你這麼胡來，會葬送整個天下的！

逼死了老丞相

老丞相商容是商朝最德高望重的人，他為兩位王子的遭遇鳴不平，更痛心紂王的倒行逆施。氣憤之下，老丞相一頭碰死在九間殿上。

紂王已經聽不進任何意見了。

這樣子早晚要完蛋吧。

開算命館的姜子牙

姜子牙離開玉虛宮後首先來到了朝歌。他做了
很多生意，都失敗了。不過，姜子牙畢竟學過
道術，算命的本事很不錯，於是，姜子牙開了
一家算命館。

> 我想知道什麼時候
> 能有個孩子……

來了一個妖精

千年狐狸精的姊妹玉石琵琶精看到
了姜子牙的算命館，她想去捉弄一
下姜子牙，可是姜子牙一眼就看穿
了她是一個妖精。

> 我去捉弄一下
> 姜子牙……

> 還不知道誰
> 捉弄誰呢！

抓住了就不能鬆手

姜子牙死死抓住玉石琵琶精的手不放，周圍的老百姓以為
姜子牙貪戀女孩的美色，紛紛譴責姜子牙。大臣比干看到
了這個情景，把姜子牙帶到了王宮請紂王評判。

> 快放手！

> 不可能！

> 把他們帶到大王
> 那裡去評判吧。

火燒琵琶精

姜子牙用三昧真火燒死了琵琶精。
妲己心疼得要命，但她卻故意建議
紂王獎賞姜子牙，封他為官，準備
將來再下手報復姜子牙。

> 姜子牙雖然收了妖
> 怪，卻也為將來的
> 禍事埋下了伏筆。

> 妹妹，你不該去招
> 惹姜子牙，招來這
> 殺身之禍。我一定
> 要為你報仇！

> 還真是個琵琶
> 精！燒得好！

> 妖孽，現身吧！

離開了九間殿後，小鑽風和遊遊決定去朝歌的街頭逛逛，畢竟朝歌是個繁華的大城市，這一點對於兩個人都有很強的吸引力。

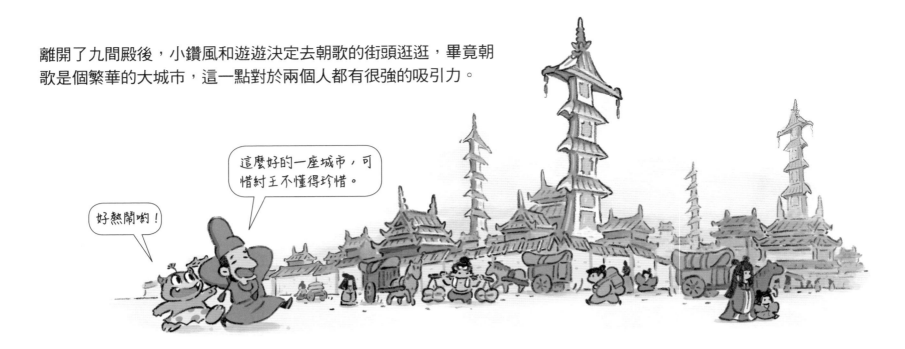

這麼好的一座城市，可惜紂王不懂得珍惜。

好熱鬧喲！

雖說是一千多年前的城市，但朝歌的繁華也讓兩個人大開眼界。

這麼多好吃的，我要敞開了吃。

小心把肚皮撐破了！

他們路過一家鋪子，看到姜子牙正在裡面收拾東西。原來紂王因姜子牙捉妖有功，封姜子牙為下大夫。他正準備關了算命館前往上任。

瞧瞧那是誰？

好像是姜子牙，他在幹什麼？搬家嗎？

小鑽風一見姜子牙很開心，拉著姜子牙問長問短。

姜子牙見到小鑽風和遊遊也很驚喜，大家在崑崙山上有過一面之緣，沒想到在朝歌又遇上。

告別姜子牙後，小鑽風和遊遊仙官準備在朝歌小住一段時間，想好好領略一下商朝都城的風采，後續的故事如何發展，請看〈超能英雄來相聚〉。

　　小鑽風和遊遊仙官初到商朝，就遭遇劫難，被蘇護的手下誤以為是奸細抓了起來。兩個人被迫做了一段時間苦役，好不容易逃了出來，來到商朝的都城朝歌。都城的繁華生活讓兩個人頓時忘記了前面的煩惱，他們決定在這裡小住一段時間，認真品嘗都城美食，了解這裡的風土人情，順便搜羅一些將來可以講的故事素材。

超能英雄來相聚

朝歌雖然繁華，可是這個紂王實在太糟糕了，被妲己迷惑，濫殺無辜。街頭巷尾的老百姓議論的都是朝廷又搞出一個什麼荒誕的政策呀，哪家忠良又被陷害了呀。聽到這些，小鑽風和遊遊頓時失去了遊玩朝歌的心情。

聽說上大夫楊任被紂王害了。

這件事很蹊蹺，楊任被害的時候刮起了一陣怪風，隨後楊任的屍骸就不見了。

聽說是為了修鹿臺的事情。

不好了！抓人啦！

遠處傳來一陣熙熙攘攘的聲音，小鑽風和遊遊好奇地跟過去看看。

只見許多民夫被軍隊押送著走了過來，士兵們的皮鞭舉得老高，民夫們稍微走得慢一點兒就會有皮鞭落在他們的身上。

快！跟上！

隨後，一位身穿華麗鎧甲，騎著高頭大馬的將軍在一群護衛的簇擁下飛馳過來。

讓開！讓開！

那個將軍模樣的就是北伯侯崇侯虎。

他現在可是紂王面前的紅人。

崇侯虎這個人品行敗壞，他來負責修建鹿臺，我們老百姓要遭殃了。

難怪抓這麼多民夫。大家都去修鹿臺，誰來種田呀！

聽了路人們的議論，小鑽風和遊遊才知道那個飛揚跋扈的將軍是北伯侯崇侯虎。現在受到紂王器重，被委派去修建姜子牙不願修建的鹿臺。

小鑽風和遊遊決定前往鹿臺瞧一瞧。

51

鹿臺

鹿臺是妲己提出和設計的，這項工程勞民傷財，它的建造，最終將耗盡商朝的國力，把朝歌的命運徹底推向毀滅。修建鹿臺最初的目的是陷害姜子牙，報玉石琵琶精被害之仇。

酒池

姐己施展她禍國殃民的本事，只為整垮紂王的江山。她唆使紂王在摘星樓下挖了一個大坑，裡面放滿了毒蛇，然後把犯了「錯」的人推入坑中，這些人最後都會被毒蛇咬死。同時，又挖了一個大池子，裡面倒滿美酒，稱之為酒池。

好酒！好酒！

好肉！好肉！

肉林

姐己讓紂王在酒池旁邊插滿樹枝，樹枝上掛滿肉，稱之為肉林。紂王已經完全被姐己迷惑住了，什麼荒唐事都一一答應，商朝已經出現崩塌的跡象。

姜子牙接了一個差事

姐己一直想報復姜子牙，苦於沒有機會。一天，她想到了一個主意，她建議紂王修建一座巨大的鹿臺，說是建成了就會有神仙下凡，來此和紂王聚會喝酒，紂王十分心動。姐己建議由姜子牙負責建造，如果姜子牙不能如期完成，姐己就可以趁機殺死他。

紂王已經在錯誤的道路上越走越遠了。

唉，我都替他著急。

想殺我，我就跑

姜子牙接到任命，知道這是姐己的陰謀。他如實稟告紂王，如果不勞民傷財，修建鹿臺需要三十五年才能完成。紂王很生氣，下令捉拿姜子牙，姜子牙轉身就跑。

想抓我，我跑還不行嗎？

抓住他！別讓他跑了！

跳河逃走的姜子牙

紂王的手下追趕姜子牙，姜子牙情急之下跳入九龍橋下的河水。大家以為姜子牙投水自盡，卻不知道他施展法術，藉水遁逃走了。

鹿臺終究還是建成了

北伯侯崇侯虎接受了修建鹿臺的任命，他徵集了大量民工，沒日沒夜地趕工，最終花了兩年的時間修建完成。但商朝的國力也被徹底耗盡了。

紂王想要見神仙

鹿臺建成，紂王想起了妲己說過會有神仙下凡來與自己喝酒相會的事情，而這本來只是妲己為了除掉姜子牙隨口瞎說的，沒想到紂王當了真。

> 哇！這麼多好酒好肉，今天有口福啦！

「神仙」下凡來相會

妲己怎麼可能請得到神仙下凡？於是她讓自己的狐狸子孫變成「神仙」，前來鹿臺和紂王相會。

比干陪酒

丞相比干奉命陪這些「神仙」們喝酒，喝到半路，狐狸精們醉醺醺地把尾巴都露了出來。比干這才知道，這些所謂的神仙都是假的。

狐狸精的末日

比干和護國武成王黃飛虎說了這件事，黃飛虎派人跟蹤，查到了狐狸精的老巢，然後放火把一窩狐狸精全部燒死了。沒燒壞的狐狸皮毛被製成了一件大衣，比干把它獻給了紂王，想要藉此警醒紂王。

> 乾……乾杯！

> 這些神仙怎麼一股臊臭味？還有尾巴？

> 武成王！出事了！

> 丞相，什麼事這麼慌張？

一個禍害還不夠，再加一個，紂王這是一錯再錯呀！

雉雞精胡喜媚

妲己知道了自己的狐狸子孫都被殺死，十分憤怒，暗暗發誓要殺了比干報仇。她叫來雉雞精胡喜媚幫助她一起魅惑紂王，設計陷害比干。

這是仙女嗎？

裝病要吃玲瓏心

妲己裝作舊病復發，胡喜媚煞有介事地說妲己的病需要吃玲瓏心，然後又裝模作樣地算出比干有一顆玲瓏心。紂王已經被她們兩個迷得神魂顛倒，言聽計從，馬上下令要比干獻出自己的心。

聽說比干有一顆玲瓏心。

來人！要比干把心獻出來，救寡人的愛妃！

賣無心菜的人

姜子牙曾給過比干一道符咒，說是危難時打開使用。比干被逼獻出自己的心臟，姜子牙的符咒暫時保住了他的性命。他騎馬出城遇到一個賣無心菜的人，便問她人無心可不可以活。如果她說可以，比干就可以保住自己的性命。但是賣菜人說不可以，比干頓時死於馬下。

請問，人無心可不可以活？

那當然不可以呀！

聞太師要拆鹿臺

聞太師是商朝最厲害的大臣，法術高強，又掌管著大軍。他在外面打完仗回來，要紂王拆了鹿臺，紂王捨不得。正好此刻又有諸侯叛亂，聞太師只好帶兵去平叛，沒有心思管紂王了。

走吧，我們去看看封神時代另一個重要人物去。

羑(一ㄡˇ)里

羑里，位於朝歌附近，本來是一個無足輕重的小地方，卻因為關押了一位極其重要的人物——西伯侯姬昌而成了故事的焦點。西伯侯在這裡被囚禁了整整七年。

監視衛兵

西伯侯姬昌

這裡是哪兒？

這裡是關押西伯侯的地方。

四大諸侯

紂王依靠四大諸侯管轄天下，每位諸侯管理兩百路小諸侯。但紂王對這四大諸侯並不放心，害怕東伯侯姜桓楚聯合其他諸侯對他進行討伐，就下詔騙他們進都城朝拜，想要借機殺了他們，解除心頭之患。其中就有西伯侯姬昌以及修建鹿臺的北伯侯崇侯虎。

東伯侯姜桓楚

南伯侯鄂崇禹

西伯侯姬昌　　北伯侯崇侯虎

路上撿了雷震子

西伯侯前往朝歌，走到燕山的時候，天雷滾滾，雷聲過後，西伯侯撿到一個嬰兒。西伯侯十分開心，把他認作了自己的兒子。隨後雲中子出現，收了這個孩子為徒弟，取名叫雷震子。

> 這個孩子現身在雷聲中，就取名「雷震」吧。

> 有神仙收他為徒，實在是太好了。

仁德的西伯侯

紂王不管三七二十一，下令要殺了四大諸侯。崇侯虎買通紂王的寵臣費仲、尤渾，保住性命。西伯侯的名聲很好，眾多大臣紛紛主動上奏要保他。紂王也不好駁了所有人的面子，於是給西伯侯出了一道難題。

> 聽說你算卦很準，那你算上一卦，看看靈不靈驗！

西伯侯算了一卦

紂王要西伯侯算上一卦，靈驗就饒他性命，不靈就立即處死。西伯侯精通卦術，胸有成竹地算了一卦。

> 明天中午太廟會遭火災，大王要小心防範！

太廟真的起火了

第二天,太廟果然失火了。西伯侯的卦靈驗了,紂王只好饒了西伯侯的性命。

先關起來再說

紂王不願就這麼放虎歸山,便把西伯侯囚禁在羑里。

> 西伯侯早就給自己算過了,要被關七年,逃也沒用。

> 西伯侯為什麼不給自己算一卦,想辦法逃走呀?

伯邑考進都城救父親

西伯侯的長子伯邑考擔心父親的安危,決定進都城營救父親。但伯邑考是正人君子,得罪了妲己和紂王,最終被紂王殺死。

> 伯邑考不應該來,白白送了性命。

> 唉,伯邑考是個孝子嘛!

> 妲己,你的心腸太歹毒了!

你們一下子說他是奸臣，一下子說他是忠臣，到底哪句是真？

西伯侯被關的七年都表現得很好，應該是個忠臣。

西伯侯被封為周文王

七年之後，西岐派人來營救西伯侯。他們送了很多錢給費仲、尤渾，這兩個人便幫著西伯侯說好話，說西伯侯是大大的忠臣，建議紂王獎賞並放了他。紂王封西伯侯為周文王，讓他誇官①三日，顯示紂王對他的榮寵。

文王還是儘早回西岐才好，我擔心有什麼變故。

那我先告退了。

黃飛虎給了一個建議

黃飛虎擔心周文王待在朝歌會有變故，建議他儘早離開朝歌，返回西岐。文王也擔心起來，誇官才兩日，便悄悄逃離了都城。

第二天，紂王得知文王逃離，十分惱怒，派兵追趕，捉拿文王。

別著急，有個厲害人物要登場了。

追兵快追上文王了。

怎麼長出翅膀來了？

吃了兩顆紅棗

雲中子算出周文王有難，叫雷震子去虎兒崖下尋找兵器。雷震子只找到兩顆紅棗，吃後背上居然長出了一對翅膀。雲中子又給了他一根黃金棍，傳了他武藝，讓他去救文王。

①誇官：古代士子考中進士或官員升遷時，鼓樂儀仗因此而遊街。

父子相會

雷震子飛至臨潼關，看見一人一騎匆匆趕來。詢問之下，果然是周文王。文王沒想到在此能見到雷震子，十分驚訝。

一棍子劈掉半座山

紂王的追兵趕到了，雷震子奮起神威，一棍子將山劈掉一半。追兵嚇得魂不附體，趕緊逃回了朝歌。

周文王回到了西岐

雷震子揹著周文王，霎時間飛越五關，來到金雞嶺。這裡已是西岐的地盤。雷震子拜別周文王，回終南山覆命。

磻溪，姜子牙隱居之地，他在這裡釣魚作歌，等待時機準備做一番大事業。「姜太公釣魚，願者上鉤」的典故便出自這裡。

聽這歌聲，一定就是我要找的飛熊了。

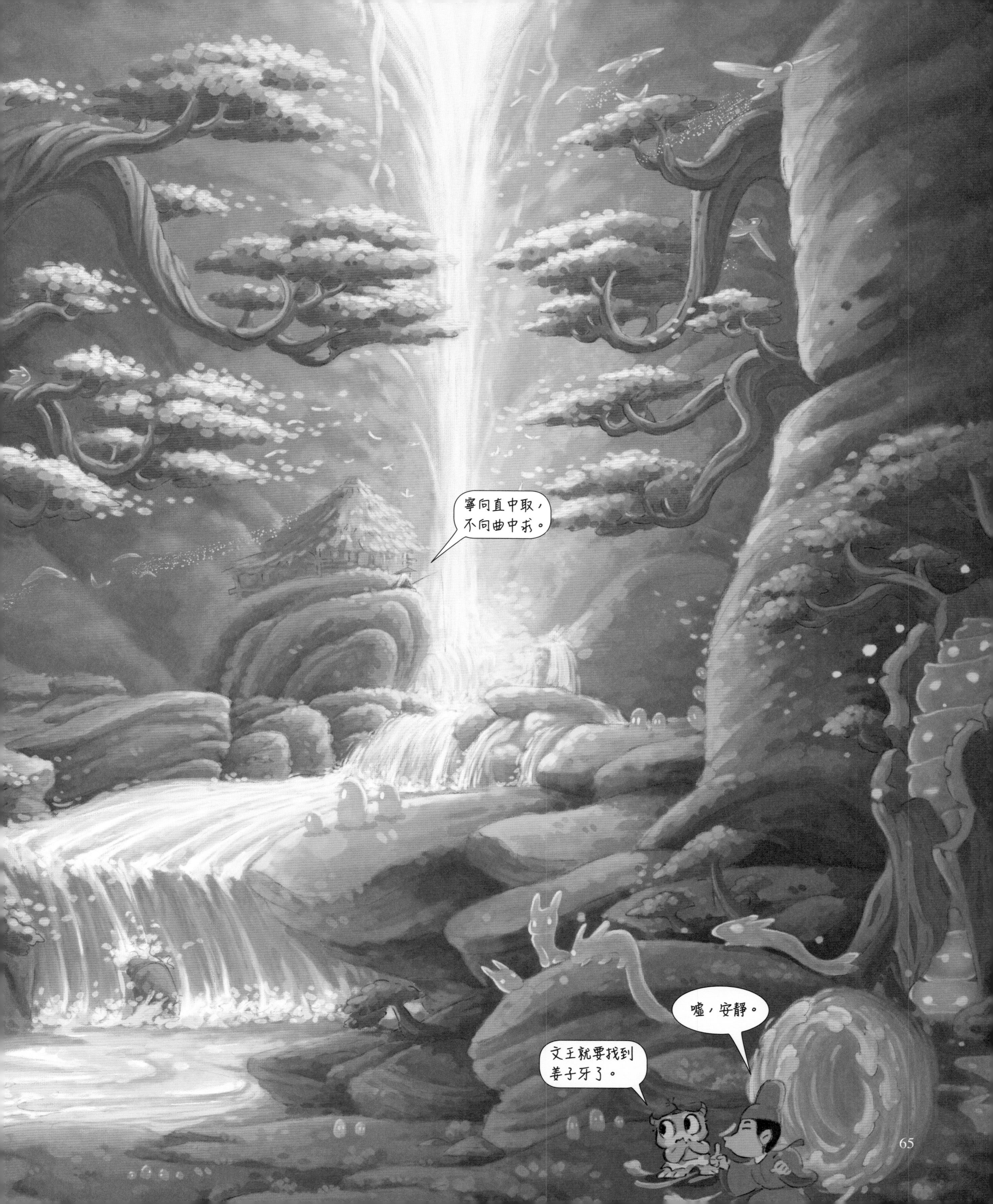
寧向直中取，
不向曲中求。
噓，安靜。
文王就要找到
姜子牙了。

周文王做了一個夢

周文王有一天做了一個夢，夢見一隻飛熊朝他撲了過來。大夫散宜生為文王解夢，說此夢應該表示周文王會得到棟梁之材，是個非常好的預兆。

飛熊是個什麼東西？

也許是一隻長翅膀的老虎？

你不懂，願者上鉤嘛！

你的鉤子是直的，釣一百年也釣不到魚。

姜子牙釣魚

樵夫武吉遇到在溪邊釣魚的姜子牙，他告訴姜子牙，要把鉤子彎一下，才能釣到魚。姜子牙卻說「寧向直中取，不向曲中求」。武吉笑他痴，姜子牙卻說武吉今天有災禍，會打死人。

樵夫武吉闖了禍

武吉不相信姜子牙的話，準備去城裡賣柴。他來到城裡，正好碰上周文王的隊伍。他急著避讓，把擔子換個肩膀，卻不小心打在一個人的腦門上，那人果然當場死了。

那個老人家的預言居然是真的，我真是後悔沒聽他的話！

真的打死人啦，這可怎麼辦呀？

誰叫他不信姜子牙的話呢！

畫地為牢

周文王判武吉殺人償命，但他有急事在身，無暇處理，於是在地上畫了個圈，讓武吉待在裡面，不准逃走。這就是畫地為牢。

> 你就在這個圈子待著，等候發落。

> 嗚嗚嗚……

散宜生求情

武吉碰到這樣的災禍，沒有了主意，想起自己要是死了，老母親沒人奉養，只怕也是活不成了，便傷心地哭了起來。大夫散宜生路過，問明了情況後向文王求情，放他回去安置母親，半年後再來領罪。

> 武吉是個孝子，可以讓他先回家安置老母親再來領罪。

> 嗯，就這麼辦。

姜子牙教了武吉一個辦法

姜子牙見武吉人本善良，便收他為徒，教他一個方法，幫他逃過此劫。

> 看在你是無心之失，又一片孝心的分上，我就幫幫你吧。

> 老神仙，救救武吉！

周文王以為武吉死了

半年後，散宜生想起此事，見武吉沒有來投案，便稟告了文王。文王算了一卦，以為武吉已經投河自盡了，沒想到是被姜子牙的法術騙了。

> 卦象上說武吉已經死了。

> 難怪武吉沒有歸案。

> 姜子牙的法術很厲害呀。

> 一般般啦，和十二上仙比起來只能算小兒科。

找到了一群「閒人」

周文王外出遊獵時聽到有人唱歌，歌詞的寓意很深。文王向唱歌的人打聽作歌的賢人是誰，唱歌的漁夫告訴他此人住在磻溪。

打聽到了「飛熊」

文王愈想愈覺得這個人是大賢人，幾番打聽，遇到了挑柴的武吉。從武吉口中得知「飛熊」在此地隱居，文王大喜，赦免了武吉的欺瞞之罪。

姜子牙拜相

周文王終於找到了他夢寐以求的賢人，他迫不及待地請姜子牙回到西岐，拜姜子牙為丞相。這個時候，姜子牙正好八十歲。

征討崇侯虎

姜子牙上任的第一個計畫就是討伐崇侯虎。一方面，崇侯虎名聲太差，應該討伐；另一方面，透過本次戰爭，可增強西岐的實力。

大軍開拔！

西岐的大軍看起來很有氣勢。

姜子牙終於可以施展他的把負了。

大義滅親的崇黑虎

崇黑虎雖然是崇侯虎的兄弟，卻是一個正直的人，他痛恨兄長助紂為虐的行為，於是定下計謀，抓了崇侯虎送給了姜子牙。

我們是兄弟，你為什麼要害我？

你壞事做盡，我沒有你這樣的兄弟！

姬發還很年輕，丞相要好好協助他。

大王放心，老臣絕不辜負您的託付。

姬發怎麼樣？

姬發就是周武王呀，將來興兵伐紂的就是他了。

周文王托孤

周文王在討伐崇侯虎的戰爭中受了驚嚇，再加上已經九十七歲高齡，戰爭結束後，周文王就去世了。臨終前，文王把王位傳給了兒子姬發，並要姬發拜姜子牙為尚父，要姜子牙好好輔佐姬發。

陳塘關

朝歌政局風起雲湧的時候，陳塘關誕生了一位非凡的人物。他將來會是姜子牙的先行官，成為姜子牙伐紂大業中最不可少的左右手。

這個非凡的人物是玉虛宮裡的靈珠子轉世，太乙真人讓他投胎到陳塘關，將來好為姜子牙出力。

怎麼穿越到海上了？

救命！我不會游泳。

70

懷胎三年多

陳塘關總兵李靖的夫人懷胎三年多,沒想到生下來的是一個肉球。肉球滴溜溜地旋轉著,大家還以為生出了個妖怪,驚慌不已。李靖拔劍砍去,肉球被砍開,裡面蹦出一個可愛的小孩子。

妖精!

帶著寶貝的小孩子

小孩子右手套著一個金鐲子,肚子上圍著一條紅綢子,這兩樣東西是乾元山金光洞的鎮洞之寶——乾坤圈和混天綾。

送上門來的師父

有一天,乾元山金光洞的太乙真人登門拜訪,想收這孩子為徒,還給他取了個名字,叫「哪吒」。

就叫他哪吒吧。

謝謝老神仙收他為徒。

把我的混天綾洗乾淨!

天氣太熱,洗個澡

哪吒七歲那年,天氣炎熱,他跑到東海洗澡。他用混天綾拍水玩,沒想到這混天綾威力無比,攪得海底的龍宮都搖晃了起來。

為什麼我們穿越的地點總是這麼糟糕?

這月光寶盒太不靠譜了,差點把我們害死。

龍宮地震了

龍王感覺天旋地轉，趕緊派夜叉去查看出了什麼事。

原來是個小毛孩

夜叉過來一看，發現一個小孩在用紅綢子玩水。夜叉惡狠狠地要趕走哪吒，可哪吒並不怕他，反而把夜叉揍得屁滾尿流。眼見打不過，夜叉只好逃回龍宮找幫手。

三太子敖丙來了

聽說夜叉被一個小屁孩給打了，龍王三太子很生氣，他決定親自去收拾哪吒。哪吒初生牛犢不怕虎，拿著法寶和三太子敖丙打了起來。

乾坤圈太厲害

混戰中，哪吒用混天綾纏住了龍王三太子，然後掄起乾坤圈照著三太子腦門兒敲了一下。哪吒並不知道乾坤圈的威力，結果一下把龍王三太子打回了原形，三太子死了。

李靖！你賠我兒子的命來！

出什麼事了？

大事不妙，快跑！

我打！

龍王找上門了

東海龍王聽說自己的寶貝兒子被哪吒打死了，一時傷心惱怒，直接衝到陳塘關向李靖興師問罪。李靖又驚又怒。哪吒一看大事不妙，趕緊去找師父。龍王準備上天宮去告狀。

太乙真人很護短

太乙真人知道徒兒犯了錯，但他捨不得責罰哪吒，反而給哪吒出了個主意。

你去寶德門……

哪吒堵住了龍王

哪吒為了不讓龍王去告狀，在寶德門堵住龍王，把老龍王打了一頓後，威脅他不准去玉帝那裡告狀。

你要是敢去告狀，我就抽你的龍筋！

一不小心又闖了個禍

哪吒看到陳塘關的城樓上有一副弓箭，他不知這是黃帝戰蚩尤時留下的乾坤弓和震天箭，威力無比。他想到將來要為姜子牙去帶兵打仗，應該練練弓箭，於是拿起弓箭射了一箭。震天箭直射到了骷髏山白骨洞，射死了石磯娘娘的一個徒弟。

我射！

啊——

憤怒的石磯娘娘

石磯娘娘飛到陳塘關責問李靖。李靖一調查，居然又是哪吒幹的，李靖氣得直哆嗦，龍王的事還沒了，又闖下這樣的大禍，趕緊叫哪吒向石磯娘娘道歉。

氣死我啦，我怎麼養了這麼個禍害！

遊遊，我發現，哪吒真的是個闖禍精！

可能這靈珠子轉世，就是為了攪亂這個世界的吧。

哪吒！你往哪裡逃！

師父救命

哪吒一看形勢不妙，拔腿就往師父的金光洞跑，石磯娘娘怒氣沖沖地追了過去。

師父！救命！

師父收拾爛攤子
石磯娘娘一口氣追到了乾元山，太乙真人出來打圓場，他說哪吒肩負伐紂重任，請娘娘網開一面。石磯娘娘不肯輕易饒他，兩個人一言不合打了起來。太乙真人法力高深，收了石磯娘娘。

一人做事一人當
麻煩事一件接一件，東海龍王抓了李靖夫婦，還揚言要水淹陳塘關為兒子報仇。哪吒為了不禍及父母，殃及無辜，只好在東海龍王面前自刎謝罪。

操碎心的師父
哪吒畢竟是靈珠子轉世，他托夢給母親，讓人為他修了一座神廟，接受人間煙火，只要人們的供奉超過三年，他就可以恢復肉身。可是不到半年，李靖就知道了這件事情，他很痛恨哪吒惹出的這一件件禍事，一怒之下砸毀了神廟。太乙真人沒辦法，只好用蓮藕變化出了哪吒的身體。

超級哪吒誕生了

哪吒終於復活了，太乙真人還給了他一堆寶貝，包括火尖槍和風火輪。

哪吒很生氣

哪吒十分氣憤李靖砸毀神廟，他氣呼呼地要去找李靖。

和事佬們磨破了嘴皮子

太乙真人請來了文殊廣法天尊、燃燈道人以及哪吒的哥哥金吒協助調解，哪吒也不買帳。

寶塔鎮哪吒

燃燈道人送給了李靖一座寶塔，只要哪吒想找李靖的麻煩，李靖即可祭出寶塔，鎮住哪吒。哪吒無可奈何，終於答應和父親化解仇怨。

原來哪吒小時候是個闖禍大王呀！

簡直是闖禍祖師爺！

從陳塘關出來，遊遊仙官覺得這次算是了解了很多之前不知道的內幕。

知道了這麼多真相，遊遊興奮不已。要知道在天宮中，托塔李天王的地位是高高在上的大神，平時像遊遊仙官這樣的小仙根本就沒有機會接觸到。

我說李天王每天托著個寶塔累不累，原來是他不敢放下來呀。

有一次我看到李天王休息的時候把寶塔放在一邊，

哪吒一進屋，李天王馬上把寶塔托了起來。

不過哪吒過了一千多年後，對李天王的恨似乎已經徹底化解了。

可能李天王自己心虛吧。

正因為哪吒是蓮藕變化出來的身體，所以很
多針對肉身施加傷害的法寶對他完全無效。
這一點讓哪吒在很多戰鬥中占盡優勢。

這也太厲害了！

所以哪吒在擔任姜
子牙的先行官後發
揮了巨大的作用。

不過凡事有好有壞，哪吒身體的缺點就是不會成長，
以至於他一直停留在少年的狀態，甚至千年後遇上孫
悟空，還被孫悟空誤以為是一個小孩子。

永遠是一個小孩子？
這也不太好呀。

是呀！關鍵是你明明是個
老爺爺，可是人人都把你
當小孩子，很尷尬呀。

走啦！去下一站。

這一段的故事也將告一段落。在小鑽風接
下來的旅程中即將見證這個時代最浩大的
一場戰爭。眾多奇人異士、英雄豪傑會在
這場戰爭中登場。請看下一部〈奇特法術
定乾坤〉。

　　小鑽風和遊遊仙官駕著雲彩在天上自在地飛行著，兩個人七嘴八舌地聊著大神們的故事，都覺得這一趟真是收穫滿滿。接下來往哪裡去呢？那一定是封神時代另一個重要的城市——西岐。眾多英雄人物，修仙者的故事都將會在那裡發生。小鑽風和遊遊仙官不急著趕路，決定悠哉悠哉地一路遊玩過去。

奇特法術定乾坤

前面就是西岐和朝歌
之間的五座關隘。

這一天，小鑽風和遊遊仙官在一座山上停了下
來，山腳下一座座關隘隱約可見。

這麼一大片祥雲，不
知是哪位大仙出行。

遠遠看到一大片祥雲飄過來，
應該是某位大仙路過此地。

原來駕祥雲出行的是清虛道德真君。他最近帶著徒弟
們雲遊四方，沒想到和小鑽風頗有緣分，在這裡又遇
到小鑽風，真君微笑著打了招呼。

小鑽風，沒想到
在這裡遇上了，
世界真小呀！

真君爺爺，
您好呀！

大家正聊著起勁，突然真君腳下的祥雲被一陣氣流沖散了一些。真君撥開雲霧一看，原來是臨潼關那裡正面臨著一場劫難。

這是怎麼回事？
哦⋯⋯原來如此！

清虛道德真君命令黃巾力士拿出混元罩，匆匆告別了小鑽風和遊遊，前往臨潼關救人去了。

小鑽風，前面臨潼關有一位朋友有難，我要先行一步去救他，我們後會有期。

真君爺爺，再見！

遊遊哥哥，不如我們也去看看熱鬧吧？

小鑽風和遊遊也很好奇究竟是什麼人遭遇了劫難。於是，他們打開了月光寶盒，準備去臨潼關看看發生了什麼。

五關

朝歌和西岐之間有五道關卡，分別是臨潼關、潼關、穿雲關、界牌關和汜水關。每道關卡都有重兵把守，守關的大將個個本領非凡。想要過關，簡直比登天還難。

走投無路的黃飛虎
朝歌的紂王繼續倒行逆施。這一次，紂王把商朝的棟梁——黃飛虎逼反了。黃飛虎帶著家將逃出朝歌，來到了臨潼關附近，三路追兵和臨潼關的守軍把黃飛虎逼上了絕路。

還好月光寶盒沒把我們傳送到下面，不然就被馬踩死啦！

黃飛虎被逼反了！

大難臨頭的黃飛虎

一天，妲己在晚上現了原形害人，被黃飛虎的神鷹抓傷了面容，便伺機報復黃飛虎。黃飛虎的妻子進宮朝賀，被妲己趁機害死。黃飛虎的妹妹是紂王的妃子，她為嫂嫂的死鳴不平，抓住妲己便打，卻被紂王從摘星樓上扔下來摔死了。黃飛虎知道了這個噩耗，一怒之下決定造反。

造反啦

黃飛虎和兩個兄弟一起挑戰紂王，四人一頓混戰，紂王大敗而逃。黃飛虎也不追趕，直接投奔西岐而去。

神仙來救命

黃飛虎逃到臨潼關，三路追兵追了過來，眼看走投無路。青峰山紫陽洞清虛道德真君剛好路過臨潼關，看到黃飛虎有難，派黃巾力士前去幫忙。

隱身術

黃巾力士展開混元幡一罩，將黃飛虎等人移往深山藏了起來。追兵失去了目標，只好原地駐紮，仔細尋找。

乾坤大挪移！

哎呀，小心！別把我們挪走了。

障眼法

道德真君見追兵不退走，便從葫蘆裡倒出神砂一捏，往東南方向一撒，變出一堆假的兵馬，殺向了朝歌。三路人馬趕緊追著假目標走了。

撒豆成兵！

臨潼關有故人

黃飛虎來到由張鳳把守的臨潼關，張鳳的手下大將蕭銀是黃飛虎的舊將，他協助黃飛虎斬殺了張鳳，闖過了臨潼關。

有人幫忙就是好。

麻煩還在後面呢！

蕭將軍保重，我們後會有期。

厲害的火龍標

潼關守將陳桐曾經向異人學習過法術，煉出了一門厲害的法器火龍標，出手生煙，百發百中。陳桐一標打來，黃飛虎躲閃不及，被打中肋下，摔下五色神牛。

黃飛虎被打死了嗎？

別慌！別慌！吉人自有天相。

神仙是個熱心腸

清虛道德真君發現黃飛虎又有了大麻煩，趕緊派徒弟，也就是黃飛虎的兒子黃天化下山救人。黃天化用師尊給的花籃收了陳桐的火龍標，並用莫邪寶劍斬殺了陳桐。

大哥，你不能死呀！

父親，孩兒來救您！

避我者生！擋我者死！

穿雲關的詭計

穿雲關的守將陳梧是潼關守將陳桐的兄弟，陳梧打算用計謀為陳桐報仇。他裝作同情黃飛虎，請他們喝酒吃飯，準備半夜用火燒死黃飛虎。黃飛虎夢醒發現詭計，趕緊整軍斬了陳梧，殺出穿雲關。

黃將軍這是運氣好，發現了陳梧的詭計，不然就慘了。

這真是明槍易躲，暗箭難防。

說服了老爺子

界牌關由黃飛虎的父親把守，但老爺子非要抓兒子回都城。周紀、黃明（均為黃飛虎的家將）設計燒了界牌關，讓老爺子沒了法子，只好和兒子一起投奔西岐。

氾水關裡有高人

黃飛虎一行人來到氾水關，遇到七首將軍余化。余化有一個法寶戮魂幡，只要往空中一舉，就可以把對方罩住，對手必被生擒活拿。結果，黃飛虎等人全部被余化捉拿，投奔西岐的計畫眼看就要失敗了……

哪吒太厲害了！難怪太乙真人這麼愛護他。

恭喜發財！送你一塊金磚！

誰想要你的金磚！

哪吒前來顯神威

太乙真人算出了黃飛虎有難，派哪吒前來解救。哪吒法力高強，戮魂幡對他毫無作用。哪吒把余化打得丟盔棄甲，落荒而逃，保護黃飛虎他們殺出了氾水關。

武成王，你終於來了！

終於到了西岐

黃飛虎投奔西岐，姜子牙十分高興，趕緊前往迎接。這次反叛意味著商朝的基石已經動搖了。

西岐

西岐，周王朝的發源地，因為紂王無道，西岐挑起了對抗紂王的重擔。在這時，即將展開一場人間改朝換代的戰爭，闡教、截教的無數修仙人士紛紛捲入其中，封神榜上有名字的人會在這場戰爭中失去道行，從而無緣仙道而修成神道。

隨著黃飛虎叛逃西岐，紂王開啟了討伐西岐的戰爭，申公豹遊說三十六路人馬助戰，西岐面臨前所未有的巨大危機。

晁田、晁雷探西岐

晁田、晁雷拉開了討伐西岐的序幕。聞太師派他們前來打探西岐的虛實，不料最後兩人一起歸降了姜子牙，反而增強了西岐的實力。

張桂芳征討西岐

張桂芳有一個厲害的本事，只要叫人的名字，被叫的人就會乖乖下馬，束手就擒。可是這一招對哪吒不管用，因為他是蓮花化身，這類亂人心神的法術對哪吒統統無用。哪吒出戰，張桂芳法術失靈，大敗而歸。

四聖的坐騎很嚇人

西海九龍島王魔等四人被聞太師邀請前來幫助張桂芳，四人的坐騎都是怪獸，西岐軍隊中的戰馬見了牠們瑟瑟發抖，無法作戰。

你這傢伙，喊什麼喊！我偏不下來。

哪吒，還不快快下輪！

讓你們見識見識九龍島四聖的厲害！

這些凶獸可真嚇人！氣味也難聞！

姜子牙二上崑崙山

姜子牙再上崑崙山求救。元始天尊給了他三件寶貝，一件是神獸四不相，一件是打神鞭，還有一件是杏黃旗。

> 這打神鞭為啥是用木頭做的呢？

> 哇！我要能有這麼多寶貝就好了。

> 廢話，誰不想呀！

> 張桂芳，你已經走投無路了。

四聖殞命

姜子牙整軍再戰四聖。最終，姜子牙用打神鞭，金吒用遁龍椿，木吒用吳鉤劍斬殺了四聖。張桂芳的大軍戰敗，自己也拚盡全力，戰死在沙場。

佳夢關的魔家四將

佳夢關魔家四兄弟很有本事，他們的法寶威力強大，打得西岐這邊一籌莫展。這時，超級戰士楊戩來到了西岐，他憑著九轉玄功破了魔家四將的法寶，然後黃天化用鑽心釘取了魔家四將的性命。

> 哇！這就是《西遊記》中的四大天王呀！

> 四大天王遇上了二郎神，那肯定打不過呀！

黃花山收四將

聞太師準備親自征討西岐，路過黃花山時，聞太師收服了山上的四個強盜。這四人個個武藝高強，尤其是辛環，長了一對翅膀，手使錘鑽，氣勢驚人。

打蛇打七寸！

打神鞭打斷了雌雄金鞭

聞太師和西岐對陣的時候，一對雌雄金鞭將姜子牙和他的部下打得落花流水。後來姜子牙使出元始天尊賜的打神鞭，把聞太師的雌雄金鞭打成兩截。聞太師十分傷心懊惱。

這元始天尊給的法寶威力就是不一樣。

聞太師的寶貝損壞了，一定很心疼吧？

飛龍在天！哎呀！

這愣小子力氣真大呀！

雷震子對辛環

雷震子奉師父雲中子的命令，下山去幫助西岐，正好遇上聞太師的隊伍。辛環和雷震子都是長翅膀的，兩個人飛在空中，打得難分難解。最終辛環不敵雷震子，敗下陣來。

十絕陣

聞太師請來了金鰲島的一幫道友,在西岐城下擺下了十絕陣。姜子牙嘴上說十絕陣沒什麼了不起的,實際上卻毫無辦法。直到燃燈道人出現,才和十二金仙一起破了十絕陣。

厲害的趙公明

趙公明是截教中非常厲害的角色,打過姜子牙、哪吒,活捉了黃龍真人,打敗了另外五位金仙,連燃燈道人都被他打得一溜煙兒跑了。

陸壓道法更強

大夥兒打不過趙公明,一籌莫展的時候,來了一個叫陸壓道人的仙人幫忙。陸壓道人會一種祕密的法術,叫釘頭七箭書。趙公明不小心中了招,最後死在陸壓道人手中。

九曲黃河陣

三仙島雲霄、瓊霄、碧霄三位娘娘得知趙公明死在了西岐，忿忿不平，在西岐擺下九曲黃河陣。雲霄娘娘的混元金斗非常厲害，把十二金仙都抓了起來。

老子的太極圖

於是太上老君和元始天尊一齊出馬，使出了太極圖等法寶，三位仙姑最終難逃上封神榜的命運。

命喪絕龍嶺

聞太師邀來助戰的截教道友紛紛失敗，兵敗岐山。姜子牙趁機追擊聞太師的軍隊，聞太師逃到絕龍嶺，被雲中子用通天神火柱困住，最終死於陣中。

土行孫的本領高

三山關總兵鄧九公奉紂王之命攻打西岐，申公豹遊說懼留孫的徒弟土行孫前來幫忙。土行孫偷了師父的捆仙繩，把哪吒、黃天化都抓了起來。土行孫最厲害的是地行術，可以鑽入地裡潛行，想去哪裡就去哪裡，當刺客的話，防不勝防。最後土行孫的師父懼留孫出面才降伏了他。

鄧九公歸西岐

鄧九公的女兒鄧嬋玉善於使用暗器，她用五光石把哪吒、黃天化的臉都打腫了。土行孫歸降西岐後，姜子牙設計使鄧九公父女也投降了西岐。土行孫還娶了鄧嬋玉為妻。

蘇護伐周

冀州侯蘇護被派去征伐西岐。因為姐己在紂王身邊幹的壞事太多，名聲太壞，所以蘇護想投奔西岐和紂王、姐己劃清界限，而大將鄭倫卻不願意。

瘟疫籠罩西岐城

偏偏這個時候呂岳前來助陣，呂岳是個瘟神，一場瘟疫差點毀掉了整個西岐。幸好楊戩從神農那裡求來了丹藥和柴胡草，救了滿城百姓的性命。

呂岳，接招！

你無路可逃了！

赤精子的殷殷期待

紂王的二王子殷洪被赤精子收為徒弟，赤精子派他幫姜子牙伐紂，還把自己最好的寶貝紫綬仙衣、陰陽鏡、水火鋒都送給了殷洪。可是，殷洪的身分讓赤精子擔心，殷洪發誓自己如果背叛師門就化為灰燼。

兒子討伐父親，這給了申公豹見縫插針的機會。

我也这麼認為。

你想想，天底下哪有兒子打父親的道理？

好像有點道理。

殷洪聽信了申公豹的話

殷洪下山幫助西岐，半路上被申公豹的花言巧語所欺騙，忘記了母親的慘死和紂王當年的絕情，覺得兒子攻打父親確實不應該，於是背叛了師門，轉而攻打姜子牙。赤精子知道後很生氣，來找徒弟說理，卻反被殷洪的陰陽鏡打敗了。

太極圖

赤精子奈何不了自己的徒弟，只好借助太極圖來對付殷洪。太極圖是太上老君的寶物，圖一展開，變化出一座金橋。殷洪追趕姜子牙上了金橋，這時，赤精子抖動太極圖，殷洪化為灰燼。赤精子眼看徒弟的遭遇，傷心地哭了一場。

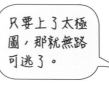

殷郊準備出山

昔日的成湯太子殷郊一直跟隨廣成子修行。廣成子派他去幫助姜子牙。臨行前，殷郊吃了幾顆仙豆，結果長出了三頭六臂。廣成子傳給他方天畫戟，還把自己最厲害的寶貝番天印、落魂鐘、雌雄劍全給了殷郊。殷郊發誓背叛師門就受犁鋤之刑。

申公豹的壞主意

張山、李錦接到紂王的命令，出兵伐西岐。殷郊下山遇到了申公豹，申公豹勸他去幫張山攻打西岐，殷郊堅定地拒絕了。於是申公豹告訴殷郊，他的弟弟殷洪被姜子牙殺死了。殷郊十分悲痛，發誓要找姜子牙報仇。

火燒西岐城

申公豹請了火龍島焰中仙羅宣來助戰，羅宣穿著紅袍子，騎著赤煙駒，放出萬里起雲煙，把西岐城燒得到處是火。絕望之際，龍吉公主出現，她用霧露乾坤網罩住西岐城，降下大雨，滅了大火。

李天王的寶塔

羅宣失敗後，在逃走的路上遇到托塔天王李靖，兩人大戰後，羅宣死在李靖的黃金塔下。

幸好有這四方神旗擋住番天印！

番天印實在太厲害

殷郊的番天印無人能敵，就連他的師父廣成子也不是對手。廣成子和南極仙翁借來三面寶旗，加上姜子牙的戊己杏黃旗，擋住番天印不成問題，他們一起設計好陷阱等待殷郊。

師父，我錯了！救救我！

殷郊敗了

成湯的大營被西岐大軍偷襲，張山、李錦戰死。殷郊進了圈套，被燃燈道人用山夾住身體，動彈不得，最終死在犁鋤之下。

尾聲：形勢翻轉的時刻即將到來

洪錦伐周

洪錦的法術是旗門遁，一旦進入旗門，別人就看不見他，還會被他趁機殺死。但龍吉公主破了洪錦的法術，抓住了他。成湯討伐西岐的行動即將結束。

洪錦哪裡逃！

洪錦應該是三十六路人馬中的最後一路吧？

姜子牙的劫數到這裡就打住了。

萬仙陣

在人間的戰爭中，截教屢遭挫敗，截教的弟子們忿忿不平，遊說通天教主出面和闡教鬥法。於是，通天教主在界牌關設下誅仙陣和元始天尊較量，失敗後，通天教主很不甘心，他孤注一擲，在潼關附近擺下萬仙陣，要和太上老君、元始天尊決一勝負。

元始天尊

太上老君

十二金仙和眾位弟子

通天教主

截教四大弟子

隨侍七仙

雙方所有的實力都在這裡集結，一場神仙大戰即將展開。

103

一氣化三清

多寶道人奉通天教主的命令,在界牌關擺下誅仙陣。誅仙陣由碧遊宮的超級法寶誅仙劍、戮仙劍、陷仙劍和絕仙劍組成,威力巨大。太上老君利用元氣化出三個分身,通天教主嚇了一大跳,被太上老君趁機打了幾棍子。

> 居然變出三個師兄,這怎麼打得贏?

> 太上老君這殺氣好厲害!

教主們的對決

誅仙四劍的威力只有太上老君和元始天尊再加上西方教兩位聖人才抵擋得住。四位教主聯手打敗了通天教主,四柄寶劍也落入闡教手中。

> 氣死我也,居然搶了我的寶貝對付我!

> 這四把劍我們替你保管了。

通天教主豁出去了

通天教主修煉了六魂幡,集結了截教所有力量,設計了一個前所未有的大陣,號稱萬仙陣。他把六魂幡交給長耳定光仙保管,關鍵時刻拿出來使用。

> 看我不用六魂幡終結你們的性命!

> 教主們的對決殺傷範圍太大,到處都不安全!

> 救命!

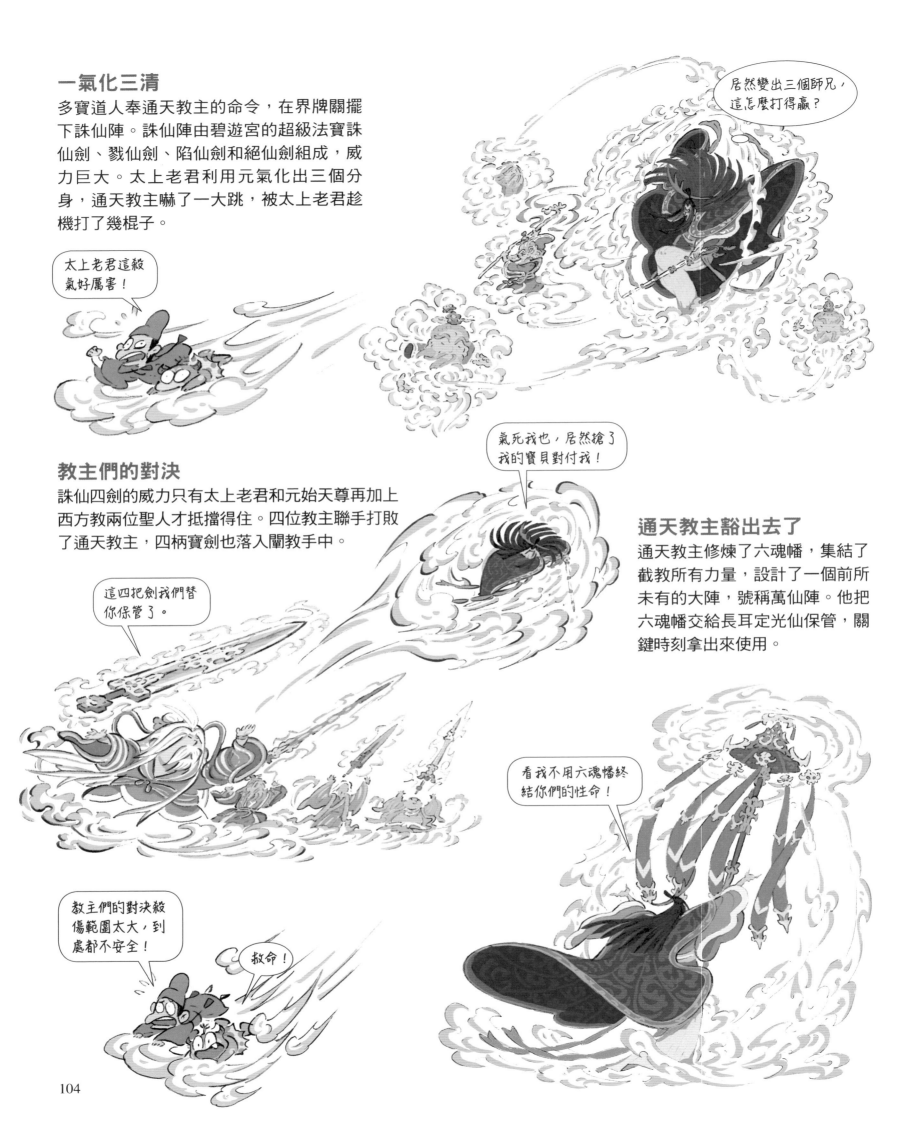

萬仙大亂鬥
截教眾弟子和闡教十二金
仙戰成一團，萬仙大亂鬥
拉開帷幕。

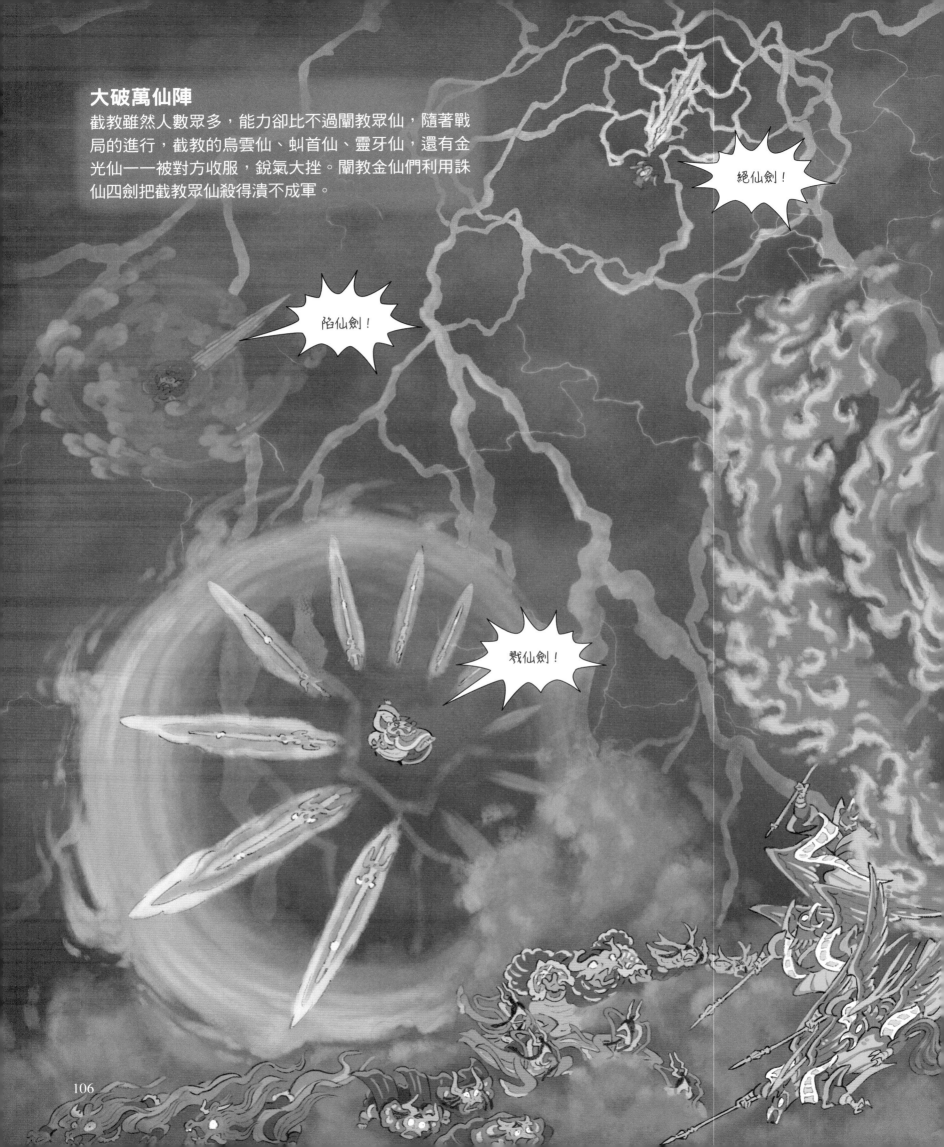

大破萬仙陣
截教雖然人數眾多，能力卻比不過闡教眾仙，隨著戰局的進行，截教的烏雲仙、虯首仙、靈牙仙，還有金光仙一一被對方收服，銳氣大挫。闡教金仙們利用誅仙四劍把截教眾仙殺得潰不成軍。

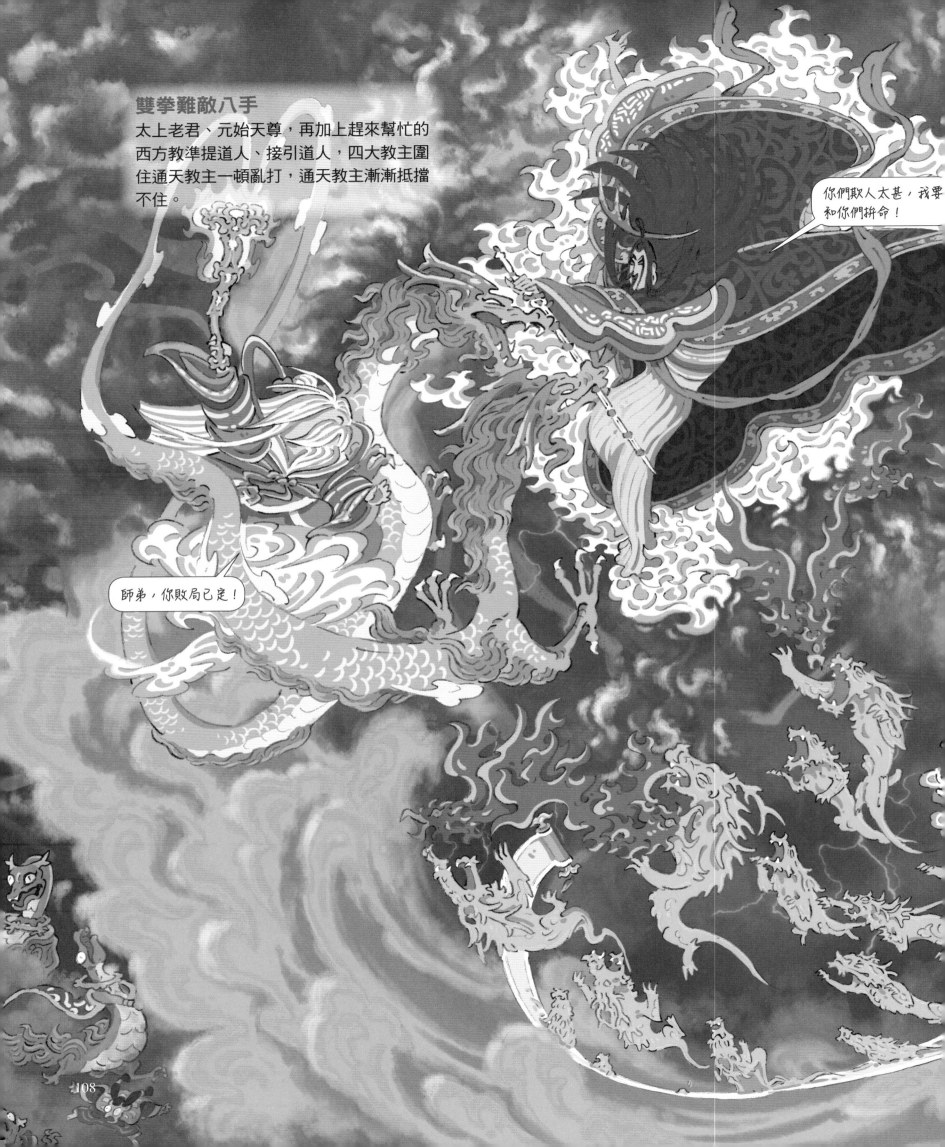

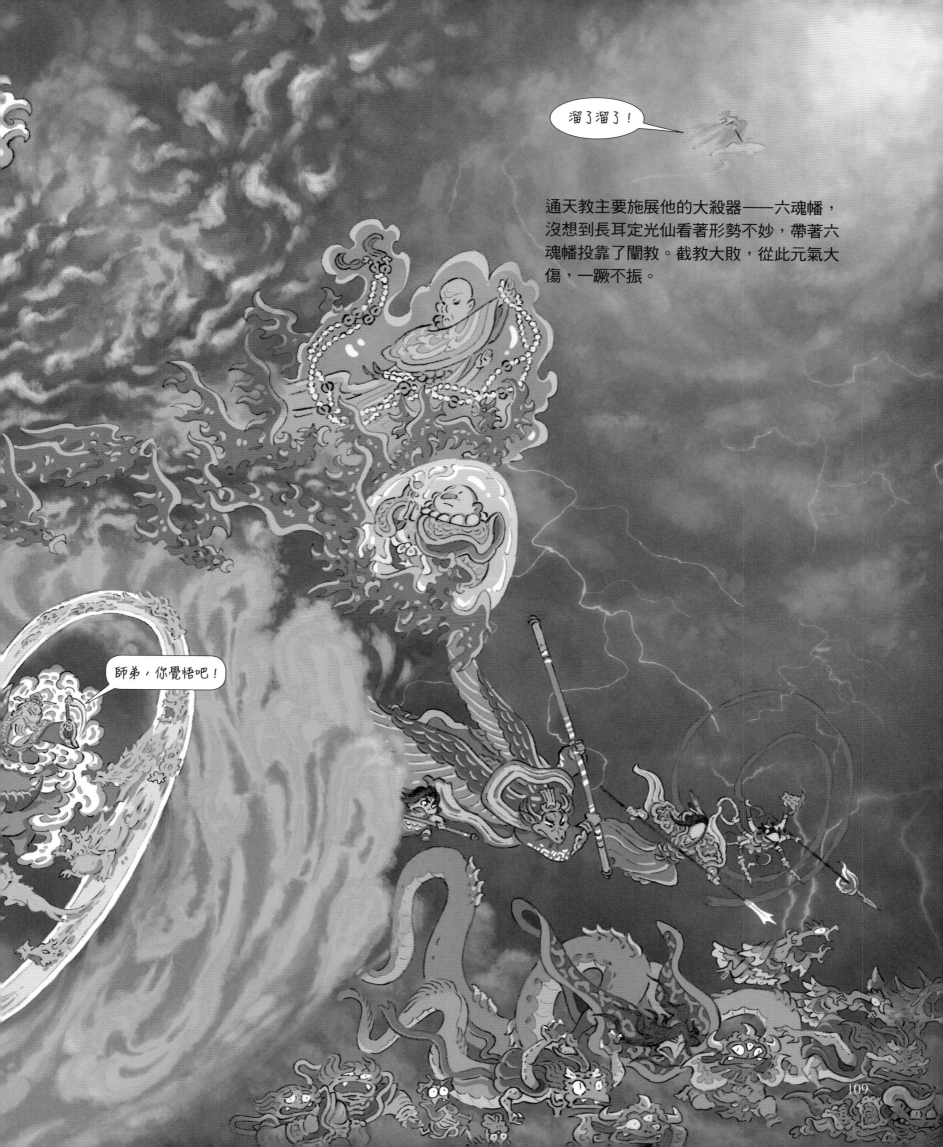

溜了溜了！

通天教主要施展他的大殺器——六魂幡，
沒想到長耳定光仙看著形勢不妙，帶著六
魂幡投靠了闡教。截教大敗，從此元氣大
傷，一蹶不振。

師弟，你覺悟吧！

岐山

　　姜子牙出兵伐紂之前，武王在這裡修了一座金臺，舉行了一次金臺拜將的活動。元始天尊則讓姜子牙把封神臺修在了岐山，最重要的封神大會也在這裡召開。

遠處那個應該就是封神臺了。

哎呀！我討厭這該死的傳送方式。

封神臺

姜子牙路過東海時，有一人從海底駕巨浪出現。這個人名叫柏鑑，曾經是軒轅黃帝的總兵官，在征討蚩尤時被打入海底，至今千年。姜子牙解救了柏鑑，命他前往岐山，造封神臺等候封神。

姜子牙冰凍岐山

封神臺即將建好的時候，紂王派魯雄率軍征討西岐，費仲、尤渾隨軍前往，在岐山和姜子牙對陣。這個時候正是夏天，天氣酷熱，姜子牙卻給西岐的軍隊每人發了一件棉衣、一個斗笠。將士們都不知道姜子牙葫蘆裡賣的什麼藥。到了晚上，姜子牙開始作法，把整個岐山都凍了起來，魯雄的大軍全軍覆沒。

金臺拜將

姜子牙打敗了三十六路攻打他的人馬後，稟告武王，起兵討伐紂王的時候到了。於是武王命大夫散宜生在岐山修建了一座金臺，又選了一個好日子，在金臺上拜姜子牙為掃蕩成湯天寶大元帥，整兵六十萬出征成湯。

妲己終於死到臨頭

姜子牙金臺拜將之後，率大軍開始討伐紂王。經過幾年的奮戰，姜子牙的大軍最終攻占了朝歌，紂王在摘星樓自焚。妲己等妖怪找到女媧娘娘邀功，女媧娘娘斥責她們無故荼毒生靈，把她們交給了姜子牙，姜子牙用寶貝殺死了她們。

妖孽！哪裡逃！

女媧娘娘，救命！

女媧娘娘為什麼翻臉不認人呢？

誰叫妲己她們害人太多，這是咎由自取呀！

岐山封神

武王建立了周朝。姜子牙前往岐山封神臺，把封神榜上有名字
的人一一封神。至此，天庭三百六十五路正神終於歸位。

今天，奉元始天尊之命，封諸位為八部正神，執掌天庭各司……

小鑽風漫遊番外篇

是有些日子沒見了。

從封神世界漫遊結束後，小鑽風有了很多很多講故事的素材，他整天忙著把這些故事一一記錄下來，不知不覺很多天過去了。

這一天，小鑽風停下筆來，突然想起了遊遊仙官。

這麼久沒見遊遊仙官，他究竟在忙什麼呢？最近這傢伙有點神神祕祕的，邀請他來玩也總是推三阻四。肯定有什麼事在瞞著我。小鑽風心想。

想到這一點，小鑽風的好奇心被勾了起來，迫不及待地搭天界擺渡船去找遊遊仙官了。

看到小鑽風，遊遊仙官有點意外。

小鑽風，是你呀，我正想去找你呢。

真的嗎？

最近遊遊仙官神神祕祕的原因在這裡，他養了一隻超級可愛的雲獸。

遊遊，這是什麼？好可愛。

牠的名字叫雲獸。

咦，一隻小神獸？

有一天，遊遊出去辦事的時候，看到一隻小小的雲獸被遺棄在路邊，餓得奄奄一息。

遊遊把牠帶回了家，餵牠食物，幫牠洗澡。

小傢伙長得飛快，很快就長成了一隻可愛的大雲獸。

真快呀！

雲獸飛行起來又快又穩，比自己駕雲輕鬆舒服多了。遊遊仙官訓練好了雲獸，正想去找小鑽風，沒想到小鑽風自己來了。

會有的，下次一定幫你找一隻。

太酷了！什麼時候我也能有一隻屬於我的神獸呀？

小鑽風羨慕不已，希望這樣的好運氣也能降臨到自己的頭上，讓他也能像神仙們那樣擁有自己的神獸坐騎。

闡教的超級法寶

扁拐

太上老君曾用它打中通天
教主的後心，打得通天教
主三昧真火都冒了出來。

太極圖

太上老君極其厲害的法寶，殺死過雲霄娘
娘，也把殷洪化為灰燼。

離地焰光旗

太上老君的寶貝，廣成子借它
和其他三面旗子一起對付殷郊
的番天印。

三寶玉如意

元始天尊大戰通天教主
時，用的就是這件寶貝。

青蓮寶色旗

西方極樂世界的法
寶，在對付殷郊的番
天印中發揮了作用。

素色雲界旗

西王母的法寶，也叫聚仙
旗，拽起此旗，群仙便會
前往瑤池相會。

戊己杏黃旗

元始天尊的寶物，後送
給了姜子牙。

斬仙劍

玉鼎真人用它斬了呂岳的
徒弟朱天麟。

清淨琉璃瓶

慈航道人用它在十絕陣
中破了董全的風吼陣。

番天印

廣成子手中最厲害的寶物，他給了
徒弟殷郊，殷郊叛變後用它來對付
廣成子，廣成子也只能趕緊逃走。

打神鞭

姜子牙用它打斷了聞太師
的雌雄金鞭。

陰陽鏡

赤精子的陰陽鏡半邊紅，半邊
白，把紅的一晃，便是生路；
把白的一晃，便是死路。

捆仙繩

懼留孫的法寶，被徒弟土行孫盜
走，拿去捆了哪吒，捉了黃天
化。後來懼留孫親自出馬才擺平
此事。

五火七翎扇

南極仙翁用五火七翎扇破了
張紹的紅沙陣。

百靈幡

柏鑑的法寶，帶路專用，用
來引導眾人去封神臺受封。

風火輪

哪吒的指標性法寶，也是一件極其酷炫的飛行法寶。

乾坤圈

哪吒一出生就帶在身上的寶貝，威力強大，幼時的哪吒用它打過龍王三太子。

混天綾

這也是哪吒從娘胎裡就帶出來的寶貝，哪吒用它去東海玩水，結果攪得東海龍宮劇烈地搖晃。

金磚

在汜水關的時候，哪吒曾用它打中過余化，救了黃飛虎。

火尖槍

哪吒最常用的指標性武器。

乾坤袋

太乙真人太寵愛哪吒了，給了他這麼多寶貝也就算了，還擔心他的寶貝沒地方放，又給了他一件乾坤袋來裝這些寶貝。

九龍神火罩

這也是一件厲害的寶貝，太乙真人用它把石磯娘娘燒出了原形。哪吒一看這麼厲害，就把它要了去。

陰陽劍

哪吒的寶貝裡面最沒有存在感的，純屬太乙真人強塞給他的。

三十三天黃金玲瓏寶塔

哪吒翻臉不認李靖這位老爹時，四處追著李靖打，後來燃燈道人送給李靖這座寶塔，才收服了哪吒。

鑽心釘

黃天化的撒手鐧，四大天王就是被黃天化用鑽心釘殺死的。

莫邪寶劍

莫邪寶劍是清虛道德真君的鎮山之寶，送給了徒弟黃天化。光華閃出，人頭即落。

吳鈎雙劍

木吒的兵器，木吒用它斬殺了九龍島四聖之一的李興霸。

鑌鐵棍

土行孫的兵器。

三尖兩刃刀

楊戩的標誌性兵器。

哮天犬

楊戩的寵物，也是他最厲害的撒手鐧，咬傷過趙公明、碧霄娘娘等十幾位截教仙人。

黃金棍

雲中子送給雷震子的兵器。

誅仙四劍

誅仙四劍是通天教主最厲害的法寶，幾乎無人能敵。可是元始天尊朋友多，有太上老君、準提道人和接引道人三大教主相助，奪走了通天教主的誅仙四劍。

截教的超級法寶

誅仙劍
誅仙四劍之一。

絕仙劍
誅仙四劍之一。

戮仙劍
誅仙四劍之一。

陷仙劍
誅仙四劍之一。

六魂幡
通天教主為了報被元始天尊打敗之仇，特意修煉的一件厲害的法寶。萬仙陣開戰前，通天教主把它交給長耳定光仙保管。沒想到長耳定光仙帶著它叛變到闡教那一邊去了。

混元鎚
這是一件攻擊力超強的兵器。萬仙陣中，烏雲仙用混元鎚一鎚打翻了赤精子，又一下鎚倒了廣成子。

金蛟剪
金蛟剪是三霄娘娘的寶貝，由兩條蛟龍化成，飛在空中，蛟龍的頭與頭並在一起，宛如一柄剪刀，不管是什麼得道神仙，統統剪成兩段。

混元金斗
混元金斗是雲霄娘娘的超級法寶，雲霄娘娘用它把十二上仙全部抓了起來，可見這件寶貝的威力有多麼強大。

雌雄金鞭
金靈聖母送給聞仲的寶貝。後來被姜子牙的打神鞭打斷了。

二十四顆定海珠
定海珠是天地初開誕生的寶物，威力十分強大。趙公明用它打敗了五位上仙，連燃燈道人也抵擋不住。後來被蕭升的落寶金錢收走了。

金鞭
蕭升用落寶金錢去收趙公明的金鞭，沒想到金鞭是兵器，而不是寶物，結果金鞭直接落下來打死了蕭升。

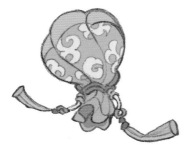

風袋

菡芝仙的風袋一打開，就會放出黑風，能刮得天昏地暗，山崩地裂。

混元寶珠

高友乾曾用它打得龍鬚虎扭著頭直跳。

劈地珠

李興霸用劈地珠打中姜子牙的前心，打得姜子牙趕緊逃跑。

開天珠

姜子牙逃跑的路上被王魔用開天珠打中後心，幸虧文殊廣法天尊相救。

青雲劍

四大天王之一魔禮青的寶劍。上面刻有「地、水、火、風」四字，揮舞寶劍，可以發出黑風烈火。

混元傘

四大天王之一魔禮紅的法寶，撐開時天昏地暗，日月無光，轉一轉地動天搖。

琵琶

四大天王之一魔禮海的法寶。上有四根弦，代表地、水、火、風，撥動琴弦，風火齊至。

花狐貂

四大天王之一魔禮壽的寶貝。放在空中，化成白象，脅生飛翅，能一口吃光眼前所有的人。

止瘟劍

瘟神呂岳的兵器，呂岳化身三頭六臂時，其中一隻手揮舞的就是此劍。

瘟疫鐘

呂岳的法寶，看名字就知道它的作用是用來散播瘟疫的。

飛煙劍

火龍島焰中仙羅宣的兵器，屬於火系法寶。

幽魂白骨幡

成湯大將卞吉的法寶，黃飛虎、雷震子都被卞吉用此幡抓獲。韋陀的降魔杵打得了妖魔，卻奈何不了幽魂白骨幡，落在幡下。

太陽神針

張奎的妻子高蘭英的法寶，共有四十九根，專門射人的雙眼，十分狠毒。

太阿劍

石磯娘娘的兵器，比較常規，《封神演義》中還有很多人也用此劍。

火龍標

潼關守將陳桐的法寶，陳桐死後被黃天化得到，用它打傷過瘟神呂岳的腿。

神仙們超酷的坐騎

奎牛

通天教主的坐騎，通天教主在誅仙陣騎著牠和四大教主大戰，被準提道人用加持神杵從奎牛上打得滾落下來。

梅花鹿

南極仙翁的坐騎，梅花鹿寓意吉祥，很多仙人都喜歡用牠來當坐騎。

四不相

元始天尊送給姜子牙的坐騎，可以抵禦九龍島四聖的異獸散發出來的惡氣。

墨麒麟

頭上長著一對風雲角，輕輕一拍，墨麒麟四腳生雲，能瞬間周遊天下。在絕龍嶺死於雷震子的棍下。

獨角烏煙獸

澠池縣守將張奎的坐騎，只要把馬上的角一拍，那馬就像一陣烏煙，風馳電掣，速度極快。張奎就是倚靠這一招殺敵措手不及。後來被楊戩使法術殺死。

五色神牛

黃飛虎行軍打仗時乘坐的坐騎，屬於神獸，不害怕九龍島四聖的凶獸散發出來的惡氣。

玉麒麟

黃天化的坐騎，跟隨黃天化立下赫赫戰功，卻被高繼能的毒蜂叮了眼睛，導致黃天化跌了下來，被高繼能殺死。

黑虎

趙公明出發去幫助聞太師時遇到一隻猛虎，趙公明馴服了牠，讓牠當坐騎，給牠貼上一道符後，猛虎就可以四腳生起風雲，瞬間來到成湯軍營。

花斑豹

九龍島四聖之一高友乾的坐騎，屬於上古時期的凶獸，散發出來的惡氣讓西岐的戰馬骨軟筋酥，站立不穩。

猙獰

九龍島四聖之一李興霸的坐騎，屬於上古時期的凶獸。李興霸騎著牠大戰過哪吒和金吒。

狻猊

九龍島四聖之一楊森的坐騎，屬於上古時期的凶獸。光憑身上的惡氣就能嚇得西岐的軍馬無法作戰。

金眼駝

瘟神呂岳的坐騎，火靈聖母和余元的坐騎也是金眼駝。

狴犴

九龍島四聖之一王魔的坐騎，屬於上古時期的凶獸。王魔騎著牠用開天珠打中了姜子牙的後心。

金睛獸

陳奇、余化、崇黑虎的坐騎都是火眼金睛獸，外形酷炫。

赤煙駒

羅宣的坐騎，四蹄生烈焰，和羅宣渾然一體，最終被龍吉公主的二龍劍所殺。

白額虎

申公豹的坐騎，申公豹就是騎著牠到處遊說截教人士來討伐姜子牙的。

121

如果歷史是一群喵

肥志 編著

**神喵出沒注意！奴才們，
本喵把歷史變簡單了，
還不叩謝皇恩？**

可愛漫畫附上參考典籍，沒有亂
編，全部都源自文獻！精彩附錄解
說，輕鬆漫畫中學到有趣歷史，舒
壓、學習兩不誤！

第一卷
如果歷史是一群喵1
夏商周

第二卷
如果歷史是一群喵2
春秋戰國篇

第三卷
如果歷史是一群喵3
秦楚兩漢篇

第四卷
如果歷史是一群喵4
東漢末年篇

第五卷
如果歷史是一群喵5
亂世三國篇

第六卷
如果歷史是一群喵6
魏晉南北篇

第七卷
如果歷史是一群喵7
隋唐風雲

第八卷
如果歷史是一群喵8
盛世大唐篇

第九卷
如果歷史是一群喵9
五代十國篇

第十卷
如果歷史是一群喵10
宋遼金夏篇

如果史記這麼帥

戴建業 主編
漫友文化 繪

「美色」史記，爆笑演繹！不准你再說史記看不下去！

不只是史記，還是保證高分的美男圖鑑！
霸氣外漏，帥氣側漏！
知識與爆笑並存，史料與八卦齊飛。
國學與歷史知識，全都一網打盡！

第一冊
如果史記這麼帥1：帝國風雲

第二冊
如果史記這麼帥2：霸主王侯

第三冊
如果史記這麼帥3：謀臣權相